FOLIO POLICIER

Serge Quadruppani

La disparition
soudaine
des ouvrières

Une enquête de la commissaire
Simona Tavianello

Gallimard

Personnages par ordre d'apparition

Simona Tavianello, commissaire de police Direction nationale antimafia

Marco Tavianello, son époux, questeur (commissaire principal) à la retraite

Calabonda, adjudant de carabiniers

Giuseppe Felice, journaliste local

Giovanni Minoncelli, apiculteur militant du Comité de défense des Apiculteurs des Vallées Alpines

Maurizio Bertolazzi, ingénieur de Sacropiano, multinationale de l'agro-alimentaire

Daniele Evangelisti, procureur à Pinerolo, dans une vallée piémontaise

Pr Sergio Marini, scientifique, spécialiste des abeilles

Mehmet Berisha, berger albanais

Alberto Signorelli, directeur du *Quotidiano delle Valli*, frère de :

Francesco Signorelli, directeur exécutif du Centre de recherche Sacropiano de Pinerolo

1

— On peut savoir pourquoi tu fais la gueule ?

— Je ne fais pas la gueule, je suis agacé.

— Ah, c'est pas pareil ?

— Faire la gueule, ça veut dire qu'on garde une expression peu amène sans rien dire. Alors que moi, si je marque mon agacement, je suis tout disposé à m'en expliquer.

La commissaire principale Simona Tavianello détourna un instant son regard de la route de montagne sur laquelle elle conduisait pour observer le profil de son époux, le questeur[1] à la retraite Marco Tavianello. Les fines rides au coin des yeux très bleus étaient accentuées, le bord de la lèvre inférieure restait crispé vers le haut, par-dessus la lèvre supérieure. Pas de doute : il faisait la gueule. Et en plus, sa réponse manifestait une robuste

---

1. Souvent traduit par «préfet de police», le *questore* correspondrait plutôt aux fonctions de commissaire principal, mais vu les spécificités du métier, on choisit de ne pas chercher d'équivalence.

volonté polémique. Elle soupira, ramena son attention sur le virage qui approchait, fort aigu et bordé de pins Douglas aux longues branches réduisant la visibilité, puis quand elle l'eut franchi, elle dit :

— Bon, alors, pourquoi es-tu agacé ?

— J'en ai marre que tu poses ton sac à main sur mes cuisses, quand tu te mets au volant. Je te l'ai déjà dit mille fois : ça m'énerve, ça me donne l'air con.

Simona jeta un coup d'œil au rétroviseur, puis pouffa :

— C'est pour ça ? C'est pour ça que tu fais la gueule depuis qu'on est partis de l'hôtel ?

— J'en ai marre que tu fonces toujours droit devant toi dans la vie sans tenir compte de ce que je ressens.

— Par cette première vraie matinée de printemps, quand le soleil brille, qu'il n'y a pas l'ombre d'un nuage dans le ciel après huit jours d'un temps pluvieux qui a pas mal gâché ma première semaine de vacances, monsieur décide de faire une moue qui déforme sa belle bouche de vieux séducteur parce que j'ai posé mon charmant sac à main sur ses cuisses musculeuses et qu'il trouve que ça fait pas viril ?

— Ne fais pas semblant de ne pas comprendre. C'est de l'inattention de ta part. Tu ne veux pas que je pose le sac à mes pieds, parce que ça le salit, paraît-il. Et tu sais parfaitement que j'ai mal à l'épaule, c'est douloureux chaque fois que je me retourne pour poser le sac à l'arrière. En plus, dès que je l'ai posé, ça sonne dans ton sac et il faut que je le reprenne pour chercher le portable qui s'est arrêté quand je l'ai trouvé…

— En somme, la vie avec moi est un cauchemar, et là tu as décidé de te révolter, au bout de trente ans de vie commune ?

Disant cela, elle avait commencé à ralentir car ils étaient arrivés sur une esplanade, au fond de laquelle se dressait une maison de bois, sans étage, au toit couvert de végétation en fleur. Pendant qu'elle manœuvrait pour s'immobiliser sur un des emplacements indiqués au sol par des lauzes grises sur le sol sableux, il rétorqua :

— Tu te moques, pour ne pas répondre.

— Répondre à quoi ? demanda-t-elle en reprenant sur les cuisses de son homme un grand couffin ethnique déformé par un contenu innombrable. Répondre à l'idée que je ne tiens pas compte de toi ? Et pourquoi on est là, d'après toi ?

De la main, elle montrait le panneau devant lequel elle s'était garée : « Minoncelli : miel, douceurs au miel, pollen, gelée royale, senteurs aux miels, plantes de montagnes ».

— Oh, t'es vraiment d'une mauvaise foi… c'est toi qui l'as proposé, ce matin ! se récria Marco en ouvrant la portière. Pour notre dernier jour, au lieu d'aller faire une grande balade, tu as préféré venir acheter du miel.

— Le champion de la mauvaise foi, c'est toi, répliqua Simona en claquant sa portière à elle et en actionnant le mécanisme de fermeture. Ça fait plusieurs jours que tu dis que tu veux venir acheter du miel, c'est maintenant ou jamais. Je te rappelle qu'on est venus dans le Piémont parce que monsieur préfère la montagne à la mer. Alors que moi, mes vacances, j'aurais préféré les passer tout entières à Salina.

— Oh, de toute façon, t'y seras dans une semaine, à Salina. Et j'en connais un qui sera enchanté de te recevoir.

— Qu'est-ce que tu racontes ?

— Allez, joue pas les idiotes, tu sais très bien ce que je veux dire... comment il s'appelle, le patron de la pension, Michele ?

— Michele, oui et alors ?

— Tu crois que j'ai pas vu comme il bavait sur toi pendant que tu bronzais devant la piscine, l'année dernière ?

Simona éclata de rire et secoua la tête, pressant le pas pour rattraper son homme qui marchait rapidement en direction du bâtiment.

— C'est pas vrai ! lança-t-elle en direction du dos de Marco qui allait toujours devant elle, très droit dans son costume de lin grège. Tu me fais

14

une scène de jalousie, maintenant ? Mais qu'est-ce que t'as ? T'as mal dormi ?

Trois marches donnaient accès à la terrasse d'un bois que le temps avait fait grisonner, et tandis qu'il les gravissait une à une, elle le rejoignit d'un petit saut, lui prit le bras. Il se retourna.

— T'es sérieux ? insista-t-elle.

Comme le visage viril restait de marbre, elle prit une voix tendre :

— Enfin, Marco, tu m'as vue ? J'ai cinquante-six ans et dix kilos de trop.

— Et alors ? T'es toujours aussi belle et bandante ! Et ce gros porc te reluquait les nichons. Et oui, j'ai mal dormi, j'ai rêvé de ça, cette nuit. Je sais, c'est ridicule, c'était il y a un an mais ça m'énerve encore.

D'une main, Simona délivra son œil que recouvrait une mèche de sa profuse chevelure vieil ivoire et de l'autre, elle prit Marco par le cou.

— Embrasse-moi, dit-elle en essayant de l'attirer à elle, tu ne m'as pas encore embrassée aujourd'hui.

— Arrête, dit l'homme en résistant, mais un sourire plissait ses lèvres, éclairait tout son visage. De quoi on aurait l'air, deux vieillards qui s'embrassent ?

Dans un mouvement fluide et vif, elle passa sur le côté, le bouscula d'une épaule et marcha vers la porte.

— Vieillard toi-même, dit-elle.

Elle s'arrêta sur le seuil du bâtiment de bois et torchis, aux fenêtres étroites, à double vitrage. Du toit venaient des odeurs de foin et de fleurs. La porte était légèrement entrouverte.

— C'est peut-être trop tôt ? dit dans son dos Marco.

Elle se tourna vers lui.

— Trop tôt ? Il est presque dix heures. Et dis-toi bien une chose, ajouta-t-elle sur un ton décidé, mets-toi-le bien dans la tête, si tu veux qu'on passe une bonne journée, j'en ai assez que tu parles de notre âge. Du tien, du mien.

Marco soupira.

— D'accord, mais pour en revenir à l'argument principal, il est peut-être dix heures, peut-être pas. Si t'avais pas été si pressée de partir, je serais remonté dans la chambre de l'hôtel prendre ma montre et mon portable. On saurait l'heure exacte. Mais il faut toujours qu'on fasse tout comme ça te chante.

Simona frappa fort sur le bois, attendit quelques instants et comme rien ne bougeait, elle poussa la porte pour appeler :

— Il y a quelqu'un dans la maison ?

Comme on ne répondait pas, elle poussa un peu plus mais quelque chose l'empêcha d'ouvrir davantage.

— Qu'est-ce que tu fais? disait derrière elle Marco, attends deux secondes.

Elle avait déjà mis un pied à l'intérieur.

— Arrête, soupira encore Marco, il faut toujours que tu fonces, et en général au lieu de simplifier les choses, ça les complique…

— Marco, dit Simona, il y a un corps par terre.

— Voilà, dit Marco. C'est exactement ce que je disais.

— Un homme avec un trou dans la nuque.

— Voilà, répéta Marco. Manquait plus que ça.

Il y avait de la résignation dans sa voix.

Iris, campanules, centaurées, chèvrefeuille, gesses des prés, petites consoudes, marguerites… Tandis que l'adjudant de carabiniers Calabonda achevait de noter sur un calepin les explications de Marco — Simona lui avait laissé prendre la direction des opérations dès la découverte du corps — la commissaire lisait le panneau explicatif apposé à l'un des piliers de la toiture sous laquelle ils étaient assis, devant la longue table de bois, à l'arrière de la maison. Le texte exposait les avantages des toits végétaux et dressait la liste des fleurs de prairie présentes sur le toit du bâtiment. De ce dernier, un vent léger et parfumé apportait un bourdonnement bas et continu, rumeur qui leur avait échappé quand ils avaient approché de la maison par l'avant, sous le vent. D'où ils se trouvaient, ils apercevaient, de l'autre côté, une prairie qui s'élevait en pente douce sur une centaine de mètres jusqu'à la lisière d'une forêt de conifères. Quelques douzaines de ruches s'alignaient dans l'herbe. Les abeilles apparemment affectionnaient les corolles qui s'épanouissaient sur le toit de la maison de Giovanni Minoncelli, apiculteur.

— Non, ce n'est pas lui la victime, répondit l'adjudant à une question de Marco. Je le connais, j'ai eu affaire à lui plusieurs fois.

— Il a eu des problèmes avec la justice ?

— C'est un militant écolo. Un meneur. On l'a interpellé pour occupation illégale de locaux, manifestation non autorisée, entrave à la circulation... Bref, un emmerdeur de première... Il va falloir qu'il explique la présence d'un cadavre derrière sa porte, quand on aura remis la main sur lui...

L'adjudant referma son bloc-notes, le glissa dans sa serviette de cuir usé et considéra ses deux interlocuteurs à travers les lunettes de soleil qui, avec la casquette d'uniforme, le bronzage et la moustache noire, le faisaient ressembler à une illustration de campagne publicitaire pour son Arme.

— Pour résumer, monsieur Tavianello, quand vous avez découvert le corps, tout ce que vous avez fait, ça a été d'entrer pour téléphoner, parce que vous n'aviez ni l'un ni l'autre vos portables, vous avez marché jusqu'au téléphone, vous l'avez décroché en tenant le combiné avec un mouchoir et vous êtes revenu nous attendre dehors ? Et pendant tout ce temps, votre épouse est restée à l'extérieur.

— Exactement.

— Eh bien, je vous remercie, vraiment. Vous avez tout fait pour ne pas altérer la scène du crime mais cela ne m'étonne pas, évidemment, de votre part. C'est un plaisir et un honneur d'avoir affaire à un grand professionnel. Je suis désolé que vos vacances soient gâchées par une petite histoire de meurtre rural.

— Quand il s'agit d'un crime de sang, il n'y a pas de petite affaire.

L'adjudant passa une main sur sa moustache avec une moue difficile à interpréter.

— Vous avez raison, dit-il. Une dernière question… Vous n'avez rien remarqué sur la table du salon, pendant que vous téléphoniez ?

Marco fronça le sourcil, laissa passer quelques secondes, secoua la tête :

— Non. Il y avait un tas de papiers éparpillés sur la table mais je ne les ai pas regardés de près. Comme je vous ai dit, je n'ai pas cherché à examiner les lieux, ce n'était pas de ma compétence.

Calabonda tira de sa serviette une enveloppe de plastique transparent munie d'un scellé, dans laquelle on distinguait une unique page. Il la tendit à Marco :

— Vous n'avez pas remarqué si cette feuille était posée sur la table ?

Le commissaire fixa la pièce à conviction. Sur la feuille, en gros caractères hâtivement tracés au feutre, s'étalaient ces mots : « Révolution des Abeilles ». Il secoua la tête :

— Non.

Calabonda soupira en remettant l'enveloppe dans la serviette.

— On l'a trouvée à un mètre du corps, expliqua-t-il. Comme il y avait une fenêtre ouverte et un certain courant d'air, j'aimerais bien savoir si la feuille, au départ, se trouvait sur la table du salon, ou sur le corps, parce que dans ce dernier cas, ça pourrait être une espèce de revendication, vous comprenez...

Marco hocha la tête.

— Et madame... commissaire, vous non plus, vous n'avez pas remarqué la présence de cette feuille, quand vous avez poussé la porte ? demanda Calabonda à Simona.

Arrachée à la contemplation des alpages que la lumière rasante du soleil soudain surgi pardessus les crêtes nimbait d'une nébuleuse dorée, la commissaire sursauta :

— Non, je ne l'ai pas vue, mais je me suis retirée aussitôt, comme nous vous l'avons expliqué.

Je n'ai pas pris le temps d'examiner les alentours du cadavre.

— Eh bien, je vous remercie, dit l'adjudant en se relevant, les mains appuyées sur la table de bois. Je vous recontacterai à l'hôtel des Roches, avant que vous repartiez, précisa-t-il, tandis qu'une jambe après l'autre, il passait de l'autre côté du banc. Vous êtes là pour une semaine encore, si j'ai bien compris ?

— Oui, en principe, dit Simona tandis que son visage s'encadrait dans la lunette d'un viseur.

Elle se releva et le visage de l'adjudant à son tour s'encadra dans la même lunette, la tempe très précisément à l'intersection des deux traits au centre du cercle.

Marco aussi bougea et comme il tendait la main à l'officier de carabiniers, son profil à son tour s'encadra dans le viseur.

Ensuite, mari et femme s'éloignèrent vers le bâtiment pour le contourner et regagner leur voiture, l'adjudant s'en fut discuter avec le chef de la Scientifique dont les hommes en combinaison blanche étaient en train de passer la maison au peigne fin et l'homme en tenue camouflée qui avait tour à tour visé la tête des trois représentants de l'ordre se remit à la verticale, débarrassa sa tenue des aiguilles de pin qui lui étaient restées accrochées, mit son arme à l'épaule et s'enfonça dans l'obscurité de la sapinière.

Une demi-heure plus tard, au centre d'un paysage de pentes abruptes, d'éboulis, de cascades et de roches verticales succédant soudain à des rondeurs herbues, sur la terrasse de l'hôtel des Roches, Giuseppe Felice, journaliste local à la chevelure rouge feu, commanda un deuxième cappuccino dont il n'avait aucune envie. En fait, il s'agissait simplement pour lui de retarder le moment où il se lèverait, contournerait les tables de pin où des familles nombreuses en tenues colorées prenaient bruyamment leur collation matinale, pour s'approcher de celle où un sexagénaire élégant et bronzé discutait vivement avec une femme aux cheveux blancs, dont les formes alourdies gardaient un charme certain aux yeux de Felice. En effet, après s'être approché d'eux, il serait bien obligé de leur adresser la parole et de leur demander si par hasard, madame et monsieur Tavianello n'auraient pas l'obligeance de lui faire l'honneur de lui accorder une interview exclusive pour *Il Quotidiano delle Valli*. Car Giuseppe Felice souffrait d'un défaut extrêmement contrariant pour un journaliste : il était timide.

En fait, la chose n'était pas très gênante aussi longtemps qu'il s'agissait d'interviewer des petits entrepreneurs des fonds de vallées qui s'enrichissaient en faisant fabriquer dix heures d'affilée des chaussures ou des pièces métalliques à des sans-papiers que leurs fils s'amusaient à pourchasser le soir à bord de leurs quatre-quatre. Il suffisait de brancher le magnétophone et de retranscrire ensuite scrupuleusement leur monologue à la gloire de leur entreprise et de la ligue du Nord.

Ce défaut était encore moins encombrant dans le travail quotidien, qui consistait à reproduire en déplaçant quelques virgules les communiqués des élus du cru, à rendre compte des fêtes paroissiales et folkloriques, des mariages et naissances dans les familles de notables et des réunions de la société de chasse. Mais quand il arrivait qu'un VIP de dimension nationale passe par San Giorgio al Monte et que le rédacteur en chef, le distingué *dottore* Signorelli, lui téléphone pour exiger un entretien exclusif, alors, c'était le moment des choux amers, comme on dit en italien.

Pourtant, il savait à merveille préparer ces rencontres. Giuseppe Felice avait des talents ignorés de son patron et qui, sous d'autres cieux et avec les bons contacts, lui auraient permis de rajouter des zéros au chiffre misérable de sa paie mensuelle. Le journaliste était capable de dénicher sur internet des quantités impressionnantes d'informations, y compris en violant à l'occasion quelques barrières informatiques. Mais il n'avait pas eu besoin d'aller si loin pour se renseigner sur le couple qui avait découvert le corps d'un inconnu chez Minoncelli. L'utilisation du moteur hégémonique de recherche donnait 420 000 occurrences pour Simona Tavianello et 372 000 pour son époux. Le chiffre supérieur de la femme s'expliquait sans doute par le fait qu'elle travaillait à la Direction nationale anti-mafia et qu'elle avait participé à beaucoup d'enquêtes médiatisées, qui lui avaient valu un grand nombre d'invitations à des colloques aca-démiques ou à de grands moments de commu-nion civique. Marco Tavianello avait eu aussi une carrière brillante mais plus discrète dans la lutte internationale contre le trafic de drogue. Il venait de prendre une retraite anticipée sur laquelle bien des chroniqueurs avaient glosé, y voyant l'expression de ses doutes sur l'efficacité des politiques menées dans son domaine. Mais il ne s'était pas exprimé sur le sujet, étant de manière générale avare en interviews.

Giuseppe Felice reposa sa tasse comme s'il avait été brusquement conscient que la présence de lait dans le café est une aberration, puisqu'il dénature son goût et le rend indigeste. Il songea à ce jour où, voulant interviewer une actrice ita-lienne connue, abonnée aux rôles de moyenne bourgeoise névrosée, il avait hésité si longtemps et rompu si nerveusement le frein de sa timidité qu'il avait renversé sur la tenue chic et chère de la dame un verre de vin rouge de la vallée, connu pour sa charge tannique particulièrement teintante. Peut-être devrais-je attendre que l'épouse soit seule pour l'aborder, se dit-il, puisqu'elle accorde plus volontiers des interviews. Mais non, Signorelli avait insisté : « Je veux les deux, hein, ça va être un scoop qui sera repris au niveau national, j'en suis sûr. » Bon, se dit-il, je me lève, je m'approche et je leur demande avec un juste mélange d'assurance et de courtoisie s'ils ont quelques instants à m'accorder pour un entretien. Allez, je me lève, se répéta-t-il sans bouger d'un millimètre. Puis il baissa les yeux parce que la commissaire principale le fixait.

— Tu as vu ce bonhomme roux qui nous reluque depuis tout à l'heure ? était en train de dire Simona à Marco. Qu'est-ce que tu paries que c'est un type des services, le correspondant de l'Agence pour la sécurité intérieure dans la région ?

— Arrête ta parano, rétorquait Marco.

— Parce que tu crois que cette histoire n'a pas fait dresser l'oreille aux services ? On trouve le corps d'un type chez un activiste écolo avec la signature « Révolution des Abeilles » et ils ne se bougeraient pas ?

— D'abord, on n'en sait rien, si c'est une signature.

— Tu sais très bien que c'en est une, répondit

à voix nettement plus basse la commissaire principale. Puisque le papier était sur le corps quand nous sommes entrés…

— Quoi ? Qu'est-ce que tu racontes ?

— Oui, maintenant, à force d'y repenser, il me semble bien avoir perçu comme un mouvement, quelque chose de blanc qui bougeait du côté du corps quand j'ai fait un pas à l'intérieur. J'ai dû provoquer un courant d'air qui a déplacé la feuille…

À l'autre bout de la terrasse, Felice nota l'expression stupéfaite du questeur.

— Mais enfin, pourquoi est-ce que tu ne l'as pas dit tout à l'heure ?

— Parce que c'est un détail qui me revient seulement maintenant…, dit Simona avec conviction puis presque aussitôt, elle secoua la tête : en fait, c'est peut-être de l'autosuggestion, a posteriori, je ne sais plus…

— Bon, laisse tomber, dit Marco d'un ton ferme. Ce Calabonda m'a l'air tout à fait compétent, il ne faut surtout pas que notre présence ici le gêne. Je vois venir la complication psychologique, le carabinier d'un trou de province qui se sent observé par les grands flics de Rome. Plus nous nous tiendrons à l'écart, mieux ce sera pour tout le monde. Nous sommes en vacances, nous avons fait notre devoir de citoyens, il n'y a aucune raison pour que nous ayons à nous mêler plus que ça de cette affaire, conclut-il comme son téléphone sonnait.

En voyant Marco Tavianello coller son mobile à l'oreille, Giuseppe Felice se dit que c'était le moment ou jamais, la conversation des époux s'étant interrompue, dès que le questeur retraité aurait terminé sa conversation téléphonique, il pourrait se présenter.

— Ici l'adjudant Calabonda, disait le carabinier dans le conduit auditif de Marco. Il faudrait que je voie votre épouse de toute urgence.

Marco fronça le sourcil. *Cazzo*, pensa-t-il, il a découvert d'une manière ou d'une autre que la feuille était sur le corps et il va chercher à comprendre comment il se fait qu'elle ne l'a pas remarquée.

— Vous voulez voir Simona ? dit Marco avec une moue à l'adresse de l'intéressée, je peux savoir pourquoi ?

— Vous savez que je ne suis pas obligé de vous répondre.

— Mais bien entendu, cher collègue. Vous n'êtes pas obligé, approuva Marco d'un ton suffisamment neutre pour que l'autre y perçoive une menace.

Calabonda poussa un soupir exaspéré puis lança tout à trac :

— Il faudrait qu'elle m'explique pourquoi la balle qui a été tirée dans la tête de la victime, que nous avons identifiée d'ailleurs, comment cette balle a bien pu être tirée par un revolver que nous avons retrouvé et qui, d'après le numéro de série, appartient à votre femme.

Bon, pensa Felice en voyant le couple échanger des paroles et des mimiques perplexes et inquiètes, cette fois, j'y vais avant qu'ils s'en aillent, en plus, on dirait qu'il y a du neuf.

Allez, j'y vais, s'ordonna-t-il encore pendant que le couple se levait, j'y vais j'y vais, se répéta-t-il tandis qu'ils se dirigeaient vers l'escalier menant aux chambres de l'hôtel et que lui ne bougeait toujours pas d'un millimètre.

2

À une cinquantaine de kilomètres à vol d'oiseau de la caserne de carabiniers où l'adjudant Calabonda introduisait dans son bureau Simona et Marco Tavianello, par-delà des pics et des monts aux sommets encore couverts d'une neige qui conservait, en attendant la fonte, les émissions polluantes de la vallée, produits ignifuges bromés, plastifiants phtaliques et autres *Persistent Organic Poluttants*, de l'autre côté des chaos de roches, des torrents glacés et des alpages où les vaches posent sur le monde le regard mélancolique de leurs doux yeux cernés de mouches, Giovanni Minoncelli sortit de la librairie Claudiana de Torre Pellice, traversa la Piazza Libertà, remonta la via Mazzini, tourna dans la via Falchi et devant la vitrine d'une excellente cave à vins, retrouva un groupe d'une dizaine de personnes. Une majorité de quinquagénaires des deux sexes, la partie masculine portant volontiers la barbe, quelques jeunes gens dont deux jolies filles abondamment piercées, l'ensemble vêtu de couleurs vives et chaussé trecking. Minoncelli, musclé, cheveux blonds bouclés, des yeux bleu clair d'autant plus remarquables que le beau visage était très bronzé, dominait tout le monde d'une tête.

— C'est bon ? s'enquit-il de sa voix profonde, éraflée par la cigarette. Personne n'a été suivi ? Vous aviez tous retiré la batterie du portable avant de partir de chez vous ?

Hochements de têtes, sourires un peu crispés. Une certaine tension était perceptible dans le groupe.

— On y va, dit l'apiculteur. Vite.

Le groupe se mit en marche, débordant largement du trottoir, mais à cette heure creuse de la matinée, il ne passa qu'une voiture et une dame âgée remorquée par son chien, lequel regarda avec étonnement cette petite foule silencieuse à l'air résolu tandis que sa maîtresse attendait patiemment que l'animal la tire de nouveau en avant. Après être passée devant la haute façade de la Scuola dell'Ordine Mauriziano, la troupe prit la pentue Via al Forte et s'arrêta devant le portail d'une villa. Au rez-de-chaussée, la glycine surabondante d'une pergola sucrait l'air de la rue. Sur le côté du portail, une porte métallique était ménagée dans le mur d'enceinte. Minoncelli tourna la poignée, poussa, la porte résista. Un jeu de clés apparut dans sa main, il ouvrit, poussa. Une minute plus tard, la petite troupe était dans le jardin, deux minutes après à l'intérieur de la maison. Une alarme se déclencha puis s'éteignit quand quelqu'un coupa un fil. Sur le balcon du premier étage, au-dessus de la pergola, une jeune fille et un gaillard mal rasé déployaient une banderole : « Exproprions les expropriateurs de nos vies/Sacropiano empoisonneur/Sauvons les Abeilles » et, en plus petit caractère : « Comité de défense des Apiculteurs des Vallées Alpines ».

Dans la vaste cuisine moderne une piercée ouvrit la porte de l'énorme réfrigérateur, se demanda si le principe arrêté en commun de provoquer le minimum de dégâts s'étendait à la nourriture, et son estomac gargouilla parce qu'elle n'avait pas pris de petit déjeuner mais elle décida de résister. De retour dans un salon qui dénotait le goût de son propriétaire pour l'artisanat d'art africain, elle se rasséréna : quelqu'un avait sorti un thermos de café d'un sac à dos, des paquets de biscuits et des bouteilles d'eau circulaient entre les différents points de la salle où chacun avait trouvé sa place, divans en peau de rhinocéros, fauteuils recouverts de tissu grège au décor lions et gazelles et tapis sub-saharien.

On parlait à mi-voix tandis que Minoncelli, le seul resté debout, remettait la batterie dans son portable, attendait que l'appareil se réinitialise, composait un numéro. Les voix se turent quand il dit « merde ». Il releva la tête :

— Felice est sur répondeur, je lui avais pourtant dit qu'on mènerait une action ce matin, expliqua-t-il puis il parla dans l'appareil : Allô Felice, ici Minoncelli, notre comité occupe actuellement la maison de l'ingénieur Bertolazzi, représentant de Sacropiano pour le Piémont. Nous avons décidé de boycotter sa conférence de presse à Turin pour venir lui répondre chez lui, tout comme Sacropiano vient tuer nos abeilles chez nous. Nous allons également prévenir la presse nationale alors si vous voulez avoir votre scoop, bougez-vous le cul.

Il coupa la communication, et lança :

— Allez, maintenant, on appelle les autres.

Six militants qui avaient eux aussi réinitialisé leurs portables se joignirent à lui pour appeler Rai3, Televalli, les autres chaînes de télévision, les éditions turinoises des grands quotidiens et les agences de presse. Quand ce fut fini, il y eut un bref silence et le visage chevalin de Minoncelli se fendit d'un large sourire :

— Bon, maintenant, je vais me faire un plaisir d'avertir Calabonda.

Il chercha un numéro sur le répertoire de son appareil, appuya, attendit longuement.

— Son portable ne répond pas et il n'a pas de boîte vocale. J'appelle la caserne.

Il recommença la manœuvre, parla avec un standardiste.

— Il est occupé ? Dites-lui que c'est de la part de Minoncelli... oui, c'est moi qui l'appelle...

L'apiculteur eut un ricanement à l'adresse de ses camarades :

— Ah, mon nom ouvre toutes les portes à la caserne !... Oui, c'est moi. Oui. Me constituer ? Ah ben non, pas tout de suite, il faudra d'abord que vous veniez nous déloger. Et nous allons nous enchaîner les uns aux autres, je vous préviens... Non, je ne délire pas... Non, notre comité occupe la maison de l'ingénieur Bertolazzi, représentant de... quoi ? Attendez, expliquez-moi. Non... non. Non ! Bien sûr que je ne suis pas au courant...

Minoncelli avait blêmi et tous le regardaient, comprenant qu'il se passait quelque chose d'inattendu, qui allait certainement rompre avec le rituel « siège policier du lieu occupé-déclarations aux médias-interpellation mouvementée-incarcération-mise à la disposition de la justice-sortie sous les hourras des camarades-préparation et médiatisation du procès à venir ».

— Oui, d'accord, disait Minoncelli. Mais bien sûr que j'ai l'intention de venir. Pas la peine de m'envoyer vos sbires. Ah, bon d'accord. D'accord. D'accord.

À chaque fois que le mot « d'accord » sortait de la bouche de Minoncelli à l'intention de l'adjudant Calabonda, les camarades défenseurs des abeilles sursautaient, échangeaient des regards. Un grand silence tomba dans la pièce quand il eut coupé la communication. Dans le lointain, on entendait une sirène.

— Les carabiniers du coin qui viennent me chercher, dit-il enfin. Je vais y aller… On a trouvé un cadavre chez moi. Il vient d'être identifié. C'est Bertolazzi.

Il y eut une seconde de stupéfaction générale puis une quadragénaire bien en chair réussit à articuler avec un peu de peine :

— Le cadavre de Bertolazzi chez toi ? Mais comment est-ce possible ? Il ne devait pas être à la conférence de presse ?

Minoncelli hocha la tête.

— Il devait, oui, mais voilà, je vous ai dit ce que m'a dit Calabonda. Je n'en sais pas plus.

— Mais comment est-il mort ? demanda un barbu chauve. Et chez toi ?

— J'en sais rien, je vous dis, répéta Minoncelli en posant sur lui un regard hagard, je sais pas comment il est mort, et je sais pas comment il s'est retrouvé chez moi.

Le bruit de la sirène devint si fort qu'on eût pu croire que le véhicule était dans la pièce.

Très grand, très maigre, avec une tête qui semblait trop petite au bout d'un si long corps, des joues creuses mangées de barbe, le cheveu en bataille, Daniele Evangelisti paraissait mieux fait pour jouer dans un film de série B que pour exercer le métier de procureur. Il reposa le combiné de son appareil et grimaça un sourire à l'adresse des époux Tavianello assis de l'autre côté de son bureau.

— C'était Calabonda, il me dit qu'il a retrouvé Minoncelli, ou plutôt c'est Minoncelli qui l'a appelé pour lui annoncer qu'avec son comité, ils occupaient la villa de l'ingénieur Bertolazzi, à Torre Pellice, c'est-à-dire à soixante kilomètres d'ici par la route.

— Ce qui pourrait le mettre hors de cause dans le meurtre, non ? suggéra Simona.

Le procureur leva ses longues mains en l'air, paumes en avant, et les laissa retomber à plat sur le bureau. Ainsi étalées, la commissaire les trouva belles.

— C'est bien possible, dit-il. Mais pour en revenir au vol de votre revolver... Vous estimez donc avoir pris toutes les précautions nécessaires et respecté tous les règlements ?

Simona soupira.

— Oui. Comme je viens de vous expliquer, en raison de mes fonctions et des enquêtes que j'ai menées pour la Direction nationale antimafia, je dois toujours avoir mon arme de service avec moi. J'ai été sous escorte pendant plusieurs mois et je n'ai pu me libérer de cette obligation qu'en promettant d'avoir toujours mon arme sur moi. Là, je l'avais laissée dans une mallette métallique fermée à clé, estimant que dans cette région je ne risquais rien...

— Et malheureusement, votre estimation était fausse, dit le procureur, nous avons aussi notre lot de criminalité, comme vous voyez. Vous avez une idée du moment où on a pu vous voler votre arme ?

— Comme je vous ai dit, hier soir, la mallette était intacte, c'est seulement après le coup de fil de Calabonda que nous sommes retournés dans ma chambre et que nous avons constaté qu'elle avait été fracturée.

— Donc, cela nous donnerait quelle fourchette horaire ?

Simona lança un regard à Marco assis bien droit dans le fauteuil voisin. Il haussa les épaules, ce qui pouvait signifier pour qui le connaissait aussi bien « c'est à toi de répondre », que « ça commence à durer un peu trop, cette histoire, quand est-ce qu'on va manger ? ».

— Ce matin, nous sommes sortis tôt, vers 7 h 30, pour nous promener le long de la rivière et puis nous avons pris notre petit déjeuner, nous sommes montés en voiture pour aller chez

Minoncelli vers 9 h 30. Si on compte le temps qu'il a fallu au meurtrier pour se rendre chez lui et tuer Bertolazzi, je dirais qu'il a dû voler le revolver entre 7 h 30 et 9 heures au plus tard. Sans doute nous guettait-il et est-il entré dans la chambre immédiatement après notre départ. Je n'ai pas l'impression que la porte ait été forcée, mais ce genre de serrure n'est pas bien difficile à ouvrir…

Marco scruta Simona en fronçant le sourcil. Il connaissait bien ce ton, l'intensité que sa femme mettait dans ses paroles. Pas de doute, elle commençait à s'intéresser à l'affaire. Aïe aïe. Il décida d'intervenir :

— J'imagine qu'il vaudrait mieux que nous évitions de nous approcher de notre chambre, le temps que la Scientifique opère tous les relevés nécessaires. Pour lui laisser place libre toute la journée, nous allons nous promener une dernière fois dans cette région magnifique. Notre séjour est fini… à moins que vous nous demandiez de le prolonger ? demanda-t-il sur un ton vaguement belliqueux.

Evangelisti releva les mains, paumes en vis-à-vis, coudes sur le bureau, yeux au ciel, dans un geste de prélat.

— Non, bien sûr ! Vous nous laisserez vos numéros de mobiles pour qu'on puisse vous contacter au besoin. Simplement…

— Oui ? fit Simona.

— Je regretterai que vous ne restiez pas plus longtemps. J'aurais volontiers bavardé des développements de cette affaire avec vous, de manière informelle bien entendu, précisa-t-il avec un demi-sourire qui donna à son visage bizarre un aspect légèrement inquiétant. J'aurais été curieux d'avoir l'avis de grands policiers nationaux et je suis sûr que Calabonda aurait été heureux de bénéficier de vos lumières.

— Qui sait, répondit Simona tandis que Marco la fusillait du regard. On peut encore changer d'avis…

Le lendemain matin, dans un café à l'écart du centre de San Giorgio al Monte, Simona poussait un soupir mélancolique en repensant au déjeuner dans l'*osteria* de montagne qu'un collègue turinois de la DNA leur avait recommandée, et que Marco, depuis le début du séjour, imaginait par avance comme l'apothéose de sa découverte de la cuisine piémontaise. Napolitain fier de l'être et plaçant la cuisine du golfe très au-dessus de celles existant sur le reste de la planète, il n'était pas moins curieux des gastronomies exotiques, qui pour lui commençaient au-delà de Caserte. Pourtant, ni les senteurs de romarin du *lardo di Cavour*, ni l'explosion de parfums forestiers de *l'insalata di ovuli e tartufo*, ni la riche et lisse succulence du *brasato al barolo* mariné huit jours, ni les joyeuses odeurs de violette du *plaisentif* se joignant au bouquet de la même délicate fleur dans le Barolo Fossati 2000, rien de tout cela n'avait réussi à ébranler sur ses traits une rigidité de marbre trouvé à Pompéi. Sa conversation s'était réduite à quelques monosyllabes jusqu'à ce que, ayant fini de racler dans son assiette et celle de Simona les ultimes débris de *Bounet*, il se décide à demander :

— J'imagine que tu vas prolonger ton séjour pour suivre l'affaire ?

— Eh bien…, avait balbutié Simona. Peut-être qu'on pourrait rester deux, trois jours de plus, non ? Tu avais envie d'aller voir les fresques murales d'Usseaux, et qu'on marche dans le parc d'Orsiera-Rocciavré, et après-demain, il y a la fête des herbes à Perosa Argentina, où on peut goûter les vins de l'année…

Marco se contenta d'une moue méprisante à l'endroit de cette misérable tentative de diversion.

— Bon, fit-il, moi je pars demain matin comme prévu. J'irai tenir compagnie à ton ami Michele, à Salina, en attendant que tu te décides à nous honorer de ta présence. C'est sûr que je ne pourrai pas te remplacer à ses yeux. Mais on a versé une avance pour le séjour là-bas, au cas où tu aurais oublié…

Simona n'avait pas tenté de le faire revenir sur sa décision. Elle le savait aussi têtu qu'elle, et cet entêtement de béliers poussant leurs cornes l'une contre l'autre avait garanti l'existence dans leur couple de cette chose très rare entre gens qui s'aiment, l'égalité réelle, privilège qu'ils payaient d'épisodes comme celui-ci. Après le déjeuner, ils étaient retournés à l'hôtel, il avait fait une longue sieste sur la terrasse puis, quand la Scientifique leur avait rendu leur chambre, Marco s'y était enfermé pour chercher sur sa guitare les accords d'une nouvelle chanson qu'il avait écrite, *Buona notte tristezza* « Bonne nuit tristesse », en hommage à son auteur français préféré.

Simona était retournée voir Calabonda à la caserne.

— Vous avez de nouveaux éléments à m'apporter ? avait demandé l'adjudant quand elle l'avait appelé pour lui demander une nouvelle entrevue.

— Non. Mais comme j'ai l'intention de prolonger un peu mon séjour ici, je voudrais m'en expliquer avec vous.

Calabonda avait laissé passer deux ou trois secondes avant de répondre.

— Je ne comprends pas très bien mais si vous voulez, vous pouvez venir tout de suite.

Dix minutes plus tard, quand il l'avait vue débarquer dans son bureau, ses cheveux blancs dissimulés sous un bonnet rouge, le visage mangé par des lunettes noires et à moitié dissimulé par une écharpe un peu incongrue en cette tiède journée, l'adjudant Calabonda n'avait pu empêcher son sourcil droit de remonter, mais il s'était abstenu de tout commentaire.

— Excusez l'accoutrement, avait-elle dit en se débarrassant de ses accessoires, mais j'ai vu débarquer dans le hall de l'hôtel deux équipes de télévisions nationales et trois journalistes, un Romain et deux Milanais que je connais de vue. Ce que je redoutais est arrivé : l'idée qu'une arme appartenant à une commissaire antimafia connue au niveau national a servi à un crime crapuleux a suffi pour les attirer ici. Je suis sortie de l'hôtel par l'arrière mais ils finiront bien par me coincer et par me réclamer une déclaration. Je pense donc que je vais être obligée de rester...

Calabonda s'agita sur son fauteuil pivotant.

— À moi, objecta-t-il, il me semble que ce serait au contraire une bonne raison pour suivre votre programme, vous échapperiez à la meute... et, si je puis me permettre, vous nous laisseriez la possibilité de travailler plus tranquillement dans notre petit coin de montagne.

Simona se dit qu'elle allait devoir faire preuve de psychologie pour ne pas froisser la susceptibilité du carabinier dans son petit coin de montagne. Elle opta pour le ton de la confidence entre collègues :

— Vous savez que la DNA en général et moi-même en particulier, nous avons été l'objet d'attaques d'une partie de la presse, à cause de certaines enquêtes où nous avons mis en cause des députés du parti au pouvoir. Parmi les journalistes qui ont débarqué, j'ai reconnu en particulier Bruno Ciuffani, qui m'a accusée dans un éditorial d'être proche des *toghe rosse*[1] et de me faire de la publicité aux dépens des élus du peuple. Si demain matin je m'en vais, il va dire que je fuis mes responsabilités et que je suis partie me dorer au soleil des îles Éoliennes en me contrefoutant de l'enquête sur la mort d'un citoyen victime de mon imprudence, ce qui est une insulte au chagrin des familles.

— Mais Bertolazzi n'a pas de famille ! Il était célibataire, fils unique et n'avait plus ses parents.

— Si vous croyez que c'est un détail qui va les arrêter… Ils finiront bien par dénicher une maîtresse ou une ex-maîtresse pour la faire parler en larmes devant la caméra…

— Un amant, plutôt, corrigea l'adjudant. Bertolazzi était homosexuel et il avait une vie sexuelle assez agitée, d'après ce qu'on m'a dit.

— Encore mieux. S'ils peuvent lui dénicher une relation avec un transsexuel qui dénoncera mon incurie et mon indifférence, ce sera le gros lot pour eux.

---

1. Les « toques rouges », surnom donné par Berlusconi et ses gens aux magistrats qui veulent enquêter sur lui, tous communistes à leurs yeux.

Calabonda se caressa la moustache (signe de profonde réflexion chez la plupart des carabiniers, selon la littérature spécialisée).

— Vous proposez quoi, alors ?

— Si vous permettez, je crois que j'ai acquis malgré moi une certaine habitude des rapports avec les médias. Je propose que vous fassiez une déclaration en ma présence... ma présence muette. Je ne dirai pas un mot. Vous, vous annoncerez que je me suis mise à la disposition des enquêteurs et que je resterai à San Giorgio al Monte aussi longtemps que nécessaire mais que je m'abstiendrai de toute déclaration, pour ne pas gêner les investigations.

Un hochement de tête convaincu accueillit la proposition. Mais Simona ajouta :

— Toutefois, si vous voulez bien me tenir au courant de l'évolution de l'enquête, je serai heureuse de vous écouter. Et de vous faire part de mes réflexions... Vous admettrez sans doute que j'ai une certaine expertise ?

Les coins de la bouche de l'adjudant, partis pour remonter vers le haut, étaient redescendus d'un coup vers le menton.

— Oui... bien sûr, dit-il. Évidemment. Mais...

Simona pressentit que l'officier avait d'urgence besoin d'être rassuré. « Putain, ces mecs, toujours la trouille de perdre une miette de pouvoir ou de prestige », songea-t-elle tandis qu'elle s'empressait d'ajouter :

— Mais je peux vous promettre solennelle-ment, les yeux dans les yeux, que, quoi qu'il arrive, cette enquête est la vôtre.

Il fronça les sourcils, ce qu'elle interpréta comme un signe de perplexité et elle décida de mettre les points sur les i :

— Si par hasard mes... réflexions s'avéraient utiles, si elles vous aidaient à résoudre l'affaire, je m'abstiendrai soigneusement d'en faire état. J'éviterai de toute façon, jusqu'au bout, tout contact avec la meute qui vient de débarquer.

Calabonda se saisit d'un stylo et s'en tapota les dents. Dans le silence qui suivit, cela produisit un bruit agaçant pour celles de Simona. Elle pouvait imaginer ses pensées « ce serait tout bénéfice... de toute façon, si elle me casse les pieds... ». Enfin, il reposa le stylo, sourit largement :

— Je suis bien sûr que je ne serai jamais obligé de dénoncer votre manque de coopéra-tion devant la presse nationale, dit-il, entraînant aussitôt dans l'esprit de Simona l'apparition de l'expression « *pezzo di merda* », ce qui signifie « salopard » mais c'est moins pittoresque. Je me ferai donc un plaisir, dans un cadre informel de relations entre représentants de l'ordre...

Le téléphone sur son bureau l'interrompit. Il décrocha.

— Oui ?... Ah ! Bon, je vais voir, dit-il sèchement puis, raccrochant, il expliqua : La presse... Ils sont là, toute une troupe, devant le portail de la caserne.

— Alors, avait dit Simona en se levant, on y va ? Nous sommes d'accord ?

Le carabinier s'était dressé, avait pris sa casquette sur le bureau et bombé le torse :

— On y va.

Puis, contournant sa table de travail pour se diriger vers la porte, il lui avait tendu la main :

— Et merci, *dottoressa*, ce sera un honneur pour moi d'écouter vos... réflexions.

Simona fut sûre qu'il avait failli dire « conseils ».

— Et pour moi de suivre votre travail, avait-elle précisé en le regardant dans les yeux.

Et maintenant, elle était là, échouée dans un café un peu miteux de la périphérie de San Giorgio al Monte, en train de prendre un petit déjeuner certes savoureux, à base de biscuits mêlant farines de maïs, de seigle et de châtaigne saupoudrés de chocolat, mais seule. L'idée que Marco, qui, chose fort rare pour un Napolitain, aimait mieux la montagne que la mer, serait à Salina en fin de matinée, alors qu'elle, adepte des joies marines et oppressée par la montagne, était restée ici, la poussait vers des états d'âme qu'elle détestait particulièrement.

Derrière le comptoir, le patron tournait de

temps en temps vers elle le regard de ses yeux globuleux avant d'émettre un claquement de langue
perplexe. Au zinc, un habitué à trogne buvait son
troisième rhum sans lui accorder la moindre attention, tout entier concentré sur son long, immense
et raisonné dérèglement de tous les sens. C'étaient
les seuls êtres présents dans le bistrot en ce radieux
matin de printemps qui illuminait les petits carreaux des fenêtres. À l'exclusion du cerf dont la
tête et les bois ornaient un mur. Dans ses yeux de
verre, il sembla à Simona percevoir la mélancolie
qui était sienne en songeant à Marco : cet après-
midi même, il gratterait sa guitare au bord de la
piscine de la pension de Michele, avec vue sur le
Stromboli fumant et peut-être bien les nichons
abondants de quelque pensionnaire esseulée…

La porte s'ouvrit sur un gringalet roux qu'elle
reconnut aussitôt. C'était le type qui, la veille, les
avait longuement observés, éveillant des soupçons qui, maintenant, étaient en train de se transformer en certitudes. Elle avait le flair pour
repérer les types des Services, toujours prêts à
s'introduire dans les affaires où pouvaient intervenir des enjeux politiques. Leurs louches petits
jeux avaient maintes fois empêché des enquêtes
d'aboutir ou les avaient fait dériver vers des
conclusions utiles au pouvoir politique qui les
contrôlait. À moins que ce ne soient les Services
qui le contrôlent, on ne savait jamais.

En la voyant, l'homme eut comme un sursaut, ce qu'elle jugea peu professionnel ou alors particulièrement malin, et il alla s'asseoir à une table voisine, d'où il commanda un cappuccino. Puis il commença à lui lancer des regards obliques.

Avec un soupir exaspéré, Simona se leva, se dirigea vers lui, prit une chaise et s'assit en face, croisant les bras.

L'homme parut se recroqueviller sur son siège. Simona attendit que le patron ait apporté le cappuccino et soit reparti en arborant une expression toujours plus perplexe.

— Écoute-moi bien, dit-elle alors à mi-voix, je ne sais pas pour qui tu travailles, si c'est l'AISI, l'ASE, le DIS, le SIFA, le SIOS, rien à branler, mais tu vas me foutre la paix parce que sinon, je fais une belle déclaration à la presse pour me plaindre des persécutions de certains services *deviati*, je ne sais pas si tu vois ce que je veux dire, mais l'adjectif « *deviati* », ça fait mal depuis quelques années[1].

— Mais… mais…, balbutia l'homme.

Il avait violemment rougi. La conviction de Simona vacilla légèrement mais elle se dit qu'il

---

1. Ce qu'on a appelé les *servizi deviati* recouvrait des secteurs importants des agences de renseignement qui se sont livrés dans les années 70-90 à toutes sortes de manœuvres occultes telles que préparation de coup d'État, observation participante aux attentats-massacres, négociation avec la mafia, etc.

était décidément bon comédien et elle en rajouta une louche :

— Vous n'avez rien d'autre à faire en ce moment ? Pas de négociation avec un boss de Naples ou de Palerme à mener à bien ? Pas de transsexuel à faire mourir dans un incendie ? Pas de faux attentat à mettre en scène ? À moins que ce soit vous qui soyez derrière l'assassinat de Bertolazzi ? C'est ça ? C'est quoi votre truc, vous voulez vous inventer un nouveau terrorisme, le terrorisme écologique ? Je crois que je commence à comprendre...

Simona avait parlé de plus en plus fort et le patron s'était penché par-dessus le comptoir. Son air perplexe avait cédé la place à un air résolu :

— Ça va, monsieur Felice, elle ne vous embête pas, cette dame ?

Simona pivota sur sa chaise :

— De quoi je me mêle..., commença-t-elle puis elle croisa le regard furibond du loufiat qui manifestement la prenait pour une de ces dingues solitaires d'un certain âge qu'on rencontre parfois dans les bars et elle se dit enfin qu'il n'était pas impossible qu'elle eût fait fausse route.

— Vous le connaissez, ce monsieur ? s'enquit-elle.

Le patron hocha vigoureusement la tête.

— Bien sûr, tout le monde connaît M. Felice.

C'est le journaliste local du *Quotidiano delle Valli*.

Simona se retourna vers le gringalet roux qui esquissa un sourire gêné et lui tendit une carte professionnelle contenant les informations que venait de lui fournir le patron, plus un numéro de téléphone. Elle reprit sa respiration, songea qu'aucun agent secret, si dévoué fût-il pour son service, n'accepterait jamais une couverture aussi miteuse aussi longtemps dans l'attente que quelque chose se passe en ces vallées, et à son tour, elle sentit qu'elle rougissait.

— Excusez-moi, marmonna-t-elle.

Comme elle s'apprêtait à se lever, la carte de visite à la main, des mots jaillirent de la bouche de l'homme, se bousculant comme s'il les avait longtemps retenus, sortant dans le désordre :

— Vous, pardon, est-ce par hasard que vous m'accorderiez s'il vous plaît une interview ?

La commissaire secoua la tête, resta immobile une seconde puis se rassit.

— Impossible. Je ne dois faire aucune déclaration, c'est un engagement que j'ai pris et je le respecterai.

Elle marqua une pause en soupesant son interlocuteur, lequel rentra la tête dans les épaules comme un enfant qui a peur de recevoir une gifle.

— Mais vous devez bien connaître le contexte local. Vous savez ce qu'on va faire ?

— Quoi ? murmura le très timide journaliste roux.

— On va inverser les rôles, pour une fois. C'est moi qui vais vous interviewer. En échange, dès que l'enquête aboutira, je vous avertirai, vous aurez un scoop avant tout le monde, à une condition : que vous ne citiez pas la source, et que vous mettiez en valeur le brigadier Calabonda, en lui attribuant tous les mérites. On est d'accord ?

Pendant que Felice buvait une gorgée de cappuccino pour se donner une contenance et le temps de réfléchir, Simona, dans un bel effort de casuistique, se dit qu'après tout ce qu'elle avait promis à Calabonda, c'était de n'avoir aucun contact « avec la meute qui vient de débarquer », pas avec la presse locale.

— Qu'est-ce que vous voulez savoir ? demanda Felice en reposant sa tasse.

— Vous ne m'avez pas dit que vous étiez d'accord ?

— D'accord, d'accord, bien sûr, même si ça ne me réjouit pas de cirer les pompes à ce con de Calabonda, de toute façon, je l'ai toujours fait, c'est mon boulot. J'espérais juste avoir l'occasion, justement, de faire autre chose… alors, qu'est-ce que je peux pour vous ?

La voix du journaliste s'était affermie au fur et à mesure qu'il parlait et que Simona lui souriait. Il faut dire qu'elle avait un beau sourire.

— Qu'est-ce que vous pouvez me dire de la victime, l'ingénieur Bertolazzi ? Tout ce que je sais, c'est qu'il n'avait plus de famille et qu'il était homosexuel.

Felice se rejeta en arrière sur son siège.

— Eh bien, c'est un enfant du pays, ses parents étaient d'ici, Maurizio père était commerçant en matériel agricole, Maurizio fils est né ici, il a passé son diplôme à Turin, il a travaillé quelques années en Afrique pour Sacropiano et puis il est revenu dans la région, il a acheté une belle villa à Torre Pellice. Il s'occupait de la commercialisation des produits de sa firme, semences OGM et pesticides. Comme tel, il était évidemment la cible de la colère des apiculteurs. Le CCD frappe très fort dans la région…

— Le quoi ?

— Le *Colony Collapse Disorder*, ou syndrome d'effondrement des colonies d'abeilles domestiques. Subitement, à n'importe quelle époque — hors hiver où la ruche est en quasi-sommeil — les abeilles ne rentrent pas dans leur ruche, et on ne retrouve pas de cadavres, ni dans la ruche ni à proximité. Des colonies entières disparaissent en une nuit, ce qui est nouveau et très anormal pour des insectes sociaux. Curieusement, la reine abandonnée semble en bonne santé et souvent continue à pondre, alors qu'il n'y a plus assez d'ouvrières pour s'occuper du couvain. Les

51

quelques abeilles restées à la ruche, de jeunes adultes, semblent manquer d'appétit et la production de miel chute fortement.

— Vous me semblez bien documenté.

— L'année dernière, 70 % des ruches de San Giorgio al Monte et des communes limitrophes ont été touchées par le phénomène. Nous avons ici le Pr Marini, qui étudie le phénomène pour le compte d'un laboratoire turinois, qui m'a fourni des explications. Et les apiculteurs sont informés sur la question. Ils sont persuadés que la cause de ce phénomène, ce sont des pesticides agricoles, en particulier l'imidaclopride et le fipronil de Monsato et aussi, les OGM — il y a beaucoup de maïs transgénique dans la vallée, dont les semences sont également vendues par Sacropiano. Mais je me suis documenté sur internet, les études existantes sont contradictoires, au fond l'origine du CCD n'est toujours pas expliquée précisément. En tout cas, on peut ne pas approuver les méthodes de Minoncelli et de sa bande, mais il est sûr que le phénomène est extrêmement préoccupant, et pas seulement pour les apiculteurs. L'abeille joue un rôle essentiel dans la pollinisation des cultures. Pour être précis, selon une étude incontestée, la production de 84 % des espèces cultivées en Europe dépend directement des pollinisateurs, qui sont à plus de 90 % des abeilles. Plus de

70 % des cultures, presque tous les fruitiers, légumes, oléagineux et protéagineux, épices, café et cacao, soit 35 % du tonnage de ce que nous mangeons, dépend de la pollinisation et comme le CCD est un phénomène mondial...

Felice s'était échauffé en parlant, la rousseur de ses cheveux semblait déteindre sur son front et ses joues. Il fixait Simona droit dans les yeux et semblait passionné par son sujet. Avant qu'il ne passe au chapitre de la biodiversité et à l'influence de la lune sur les cultures, Simona revint à ses moutons :

— Vous croyez que ça pourrait être la raison de la mort de Bertolazzi ? On l'aurait tué en tant que représentant de Sacropiano ?

— Je ne sais pas. En tout cas on peut dire ce qu'on veut de Minoncelli, que c'est un exalté, qu'il a l'air prêt à tout pour sauver ses abeilles, mais il n'a pas le profil d'un assassin. Ni personne dans son comité d'ailleurs.

Simona eut un sourire en coin :

— Vous avez l'air bien sûr de vous sur la question du profil des assassins...

— J'ai suivi les séminaires de l'ICAA, l'International Crime Analysis Association.

La commissaire hocha la tête. Elle avait entendu parler de cette association, italienne malgré son nom, et fondée par un certain Pr Strano, de Rome et par deux médecins légistes et criminologues siciliens. Elle avait quelques doutes sur l'intérêt de son existence, mais les conserva pour elle.

— Je suis passionné de psychologie investigative et *Criminal Profiling*, j'ai fait le *Criminal Profiling basic Training Course* et le *Criminal Profiling advanced Training Course*, deux fois huit heures en full immersion avec obtention d'un diplôme à la fin, le tout en collaboration avec la Confédération syndicale autonome de police, précisa-t-il avec quelque chose dans le regard qui poussa Simona à se demander si l'exalté ce n'était pas lui. J'ai pris des photos de la scène du crime, hier...

— Vous êtes entré chez Minoncelli ? s'étonna Simona.

— Après le départ de la Scientifique. Ne vous inquiétez pas, je n'ai pas risqué d'altérer la scène du crime, ils avaient terminé leurs relevés. J'ai pris des photos avec mon appareil digital qui permet de reconstituer la scène en 3D. Je compte utiliser un software testé par l'ICAA, basé sur les technologies *neural network* pour tenter une simulation de l'action en partant des éléments objectifs relevés sur la scène du crime, position du corps, *blood pattern analysis*, traces de lutte, objets déplacés, etc.

— Mais les, comment vous dites, les *blood pattern*, les analyses de sang, vous...

— J'ai un ami à la Scientifique, il me communique des informations, de temps en temps. Mais je fais ça tout à fait en amateur, vous savez, je ne veux pas interférer dans l'enquête.

Simona soupira et rangea la fiche Felice au rayon « fou comme un lapin » avant de reprendre :

— Et sur Bertolazzi, qu'est-ce que vous pouvez me dire ?

Felice prit le temps de commander un nouveau cappuccino accompagné d'un croissant avant de répondre en plongeant le second dans le premier :

— On a dû vous dire que Bertolazzi était gay et qu'il avait une vie agitée. C'était vrai jusqu'à ces derniers temps mais depuis trois mois, il avait une liaison fixe avec un jeune berger, un Albanais qui garde des troupeaux de moutons sur les alpages, là-haut, avait-il dit en brandissant le croissant en direction des carreaux de la fenêtre, mais tandis qu'une des pointes feuilletées montrait les sommets, l'autre, imprégnée de mousse café au lait, correspondait plutôt à la lisière de la forêt toute proche, là où un homme qu'ils ne pouvaient voir, en tenue camouflée, venait de s'allonger sur un tapis d'aiguilles de sapin et commençait à régler sur son fusil une lunette Scrome J10 10 × 40 à réticule Mil-Dot placée sur un montage STANAG OTAN.

Pendant que l'homme calait la porte du bar dans le cercle de visée, Felice expliquait à

Simona étonnée que la plus grande partie des fromages des Alpes italiennes, fontina comprise, étaient produits à partir de troupeaux gardés par des immigrés. Puis il revint à Bertolazzi :

— Ça ne m'étonnerait pas que Calabonda considère Mehmet — c'est comme ça qu'il s'appelle l'amant de notre *ingegnere*, Mehmet Berisha —, ça ne m'étonnerait pas qu'il le considère comme le suspect n° 1. Mehmet est très jaloux et Bertolazzi avait une réputation de dragueur effréné. En fait, il aimait jouer la séduction avec les hommes comme avec les femmes. Mehmet lui a fait une de ses scènes ici même, avant-hier. C'est désert à cette heure-ci, mais le soir, vous devriez voir, l'endroit est plein et très animé, il y avait beaucoup de monde quand Mehmet a dit à Maurizio qu'il le tuerait s'il le trahissait, je suis sûr que notre adjudant est déjà au courant…

Pris par son sujet, il avait replongé le bout de son croissant dans le cappuccino, mais comme il s'était abstenu de le mordre, le conservant suspendu quelque part entre tasse et bouche, un gros morceau marron et mou se détacha pour s'écraser sur la table et appeler dans l'esprit de l'auteur des comparaisons scatologiques aussitôt réprimées. Simona invita le journaliste à terminer son petit déjeuner, elle avait tout son temps. Il but, mangea, reprit, tout entier à son sujet :

— Vous savez, j'ai réfléchi à la question. Minoncelli est très bel homme, et contrairement à ce qu'on pourrait croire, ce n'était pas juste de la haine qu'il y avait entre Bertolazzi et lui. C'est vrai que l'apiculteur est venu systématiquement foutre le bordel dans les réunions d'information publique de l'ingénieur, qui essayait de faire passer l'idée dans les vallées que les OGM et les pesticides de Sacropiano sont sans danger. D'un autre côté, je les ai vus bavarder plusieurs fois amicalement ici même, au café Gambetta et même à la sortie d'un débat où ils s'étaient violemment opposés, à la librairie Claudiana de Torre Pellice. Pour tout vous dire, j'ai été frappé de la très bonne connaissance du dossier des productions Sacropiano qu'avait le comité des apiculteurs. En général, leur discours est plus idéologique que scientifique mais là, ils connaissaient même le résultat d'études ultraconfidentielles de la firme, selon lesquelles des essais en confinement sur des cultures OGM ont provoqué la mort de 40 % des abeilles...

Felice marqua une pause en fixant Simona droit dans les yeux.

La commissaire principale de la Direction nationale antimafia venue de la capitale, qu'il avait vue plusieurs fois à la télévision, était suspendue à ses lèvres. Il inspira profondément. Il ne se sentait plus du tout timide.

— Vous voulez dire… que Bertolazzi aurait pu fournir des informations à Minoncelli ?

Felice écarta les mains avec un très léger hochement du menton, les yeux au ciel, gestuelle difficile à interpréter mais signifiant, peut-être, « peut-être ».

— Et pour quelle raison ?

— Je ne sais pas. Bertolazzi était une personnalité complexe, il est possible qu'il ait au fond, douté de la justesse de la cause de sa multinationale, il est possible qu'il ait pensé que le comité d'apiculteurs, au fond, n'avait pas tort. Mais qu'il n'ait pas eu le courage de révéler la vérité et de risquer de perdre son emploi…

— Et en quoi cela pourrait-il être lié à son assassinat, à part le fait que ce serait un élément de plus à la décharge de Minoncelli ?

— Eh bien, il pourrait y avoir une autre raison pour que Bertolazzi ait fait des confidences à Minoncelli… Vous l'avez vu, Minoncelli ?

Simona secoua la tête.

— Non. Pas encore. Pour autant que je sache, il est toujours en garde à vue à la caserne.

— C'est un bel homme. Grand, athlétique, blond et bronzé, des yeux bleus et assez de charisme et de bagou pour être le leader incontesté de son groupe.

— Vous croyez qu'il aurait pu plaire à Bertolazzi ?

— Je suis sûr qu'il lui plaisait, quand je les voyais parler entre eux, ça se voyait de loin.

— Comment ça, ça se voyait ?

— Les yeux de l'*ingegnere* brillaient, il dévorait du regard la bouche de son interlocuteur...

Eh ben, songea Simona, ce Felice, il n'est peut-être pas agent secret, mais dans le genre fouine, il se pose un peu là. Sur ce, elle décida de profiter à fond de son informateur :

— Et il aurait pu y avoir quelque chose d'autre qu'une simple attirance de l'ingénieur pour l'apiculteur, que celui-ci aurait exploité pour soutirer des renseignements ?

— Ce n'est pas impossible, d'autant qu'il y a trois jours, par hasard, je passais devant chez Minoncelli...

« Par hasard mon cul », pensa la commissaire mais elle le laissa continuer sur sa lancée :

— ... et j'ai aperçu la voiture de Bertolazzi garée devant chez lui. Alors, je me suis dis : « Oh là, si jamais le petit Mehmet soupçonne son amoureux d'avoir une relation clandestine avec l'apiculteur, ça risque de chauffer... » Voilà ce que j'ai pensé, à ce moment-là. Drôle de coïncidence, n'est-ce pas ?

— Mais enfin, dit Simona, Minoncelli est allé occuper la villa de Bertolazzi, ce matin, vous croyez que c'est très amical, ça ?

— Qui vous dit que Bertolazzi ne lui a pas remis ses clés ?

La commissaire remonta une mèche blanche qui lui tombait sur les yeux, ce qui permit à Felice de voir qu'elle plissait le front.

— Vous en avez parlé à Calabonda ?

Felice souffla par le nez.

— L'adjudant ne veut pas m'adresser la parole et il m'a interdit l'accès de la caserne.

— Tiens, et pourquoi ça ?

Le journaliste haussa les épaules.

— Une erreur stupide. Il a suffi d'une lettre pour que je me mette dans la merde, c'est le cas de le dire…

La commissaire souleva un sourcil interrogatif et Felice prit un air malheureux.

— Quand il est arrivé chez nous, il y a un an, et qu'il a pris ses fonctions à la tête de la caserne, je lui ai consacré un article de bienvenue mais j'avais mal orthographié son nom, je l'ai appelé Cacabonda. Et depuis le surnom lui est resté. Tout le monde l'emploie. Il ne peut pas venir au café sans que quelqu'un l'interpelle sous ce surnom. Et comme il a commis deux ou trois bourdes qui ont fait rire toute la vallée, on a même inventé un verbe pour dire « faire une connerie », c'est « cacabonder ».

— Deux ou trois bourdes ? Et lesquelles ?

Felice croisa les bras.

— Ah non, là, je ne vous les raconte pas. Je ne veux pas aggraver mon cas. Vous aurez bien l'occasion de l'apprendre de quelqu'un d'autre. Vous savez, Caca... pardon Calabonda, il est déjà mal vu par ses supérieurs et une bonne partie de la population, on parlait de le transférer, alors cette affaire, pour lui, c'est du quitte ou double. S'il la résout, il rattrape ses erreurs et se gagne une notoriété nationale. S'il rate son coup...

La main de Felice s'éleva vers son épaule, pour faire le geste de quelqu'un qui jette un objet sans importance.

Les yeux de la commissaire se posèrent sur sa montre et elle se leva.

— Justement, j'ai rendez-vous avec lui dans un quart d'heure, je ne veux pas le faire attendre.

Elle tendit la main et le gringalet roux se leva pour la lui serrer.

— Je vous remercie d'avoir accepté de répondre à mes questions..., marmonna Felice puis il rougit violemment : Excusez-moi, balbutia-t-il, c'est un automatisme.

Simona lui adressa son plus beau sourire :

— J'espère avoir l'occasion de vous revoir bientôt et de bavarder encore avec vous...

— Oh, fit le journaliste, je prends mon cappuccino tous les matins ici, à la même heure.

— Alors, à demain au plus tard.

Comme elle se dirigeait vers la porte, son portable sonna. C'était Marco qui tenait à lui raconter qu'il allait embarquer pour Palerme, et qu'il avait fait la connaissance, dans la salle d'attente, d'une collègue policière qui allait justement passer quinze jours à la pension de Michele à Salina, comme ça ils prendraient aussi le *traghetto* ensemble, quelle coïncidence amusante n'est-ce pas, il paraît que le temps est magnifique, là-bas. Comme elle lui demandait quel âge elle avait, sa fliquesse, et si elle était baisable, et qu'il lui répondait qu'en effet elle l'était et qu'ils commençaient à se disputer, Simona apparut sur le seuil du café, l'homme couché à la lisière des bois l'encadra parfaitement dans le cercle de visée, prit une profonde inspiration, son doigt effleura la détente sans la presser, et il dit :

— Pan ! T'es morte.

3

De ses ancêtres slovènes, elle avait conservé les formes dodues, le caractère doux, la touffe dorée et une langue longue, apte à inlassablement lécher, sucer, aspirer, mais les hominidés mâles doivent ici interrompre leurs fantasmes répugnants, car elle était aussi munie de deux antennes coudées comportant douze articles poilus et surtout d'un dard convenablement chargé en venin. Son jabot était chargé de nectar à éclater, il était temps de rentrer et quand l'*Apis carnica* s'envola, la pelote de pollen jaune orangé calée dans le panier de poil était si grosse que des grains tombèrent sur un pistil dont le destin de producteur d'un marron qui finirait glacé était maintenant signé. Comme elle était seule et venait de découvrir dans ce bois le premier châtaignier fleuri de l'année, la butineuse prit le chemin de la ruche. Malgré les frondaisons épaisses de la forêt de chênes, de hêtres et de châtaigniers, elle s'orientait au soleil, les scientifiques ne savent pas vraiment comment. À l'approche du rucher, une vague de phéromones de Nassanov vint à sa rencontre, mais, vieille butineuse — dix jours déjà comme le temps passe — elle n'avait pas besoin de ces émanations de ses congénères pour se diriger droit vers sa ruche et commencer la danse frétillante en huit qui indiquait, par une savante angulation solaire, la direction du châtaignier en fleur dont, déjà, son abdomen chargé d'odeurs ventilées par les ailes faisait sentir les odeurs enivrantes à ses sœurs. Elle volait lentement, car l'arbre n'était pas tout près. Le ciel avait beau être nuageux, ses trois ocelles qui percevaient la lumière polarisée lui permirent de se caler dans la direction précise tandis que ses yeux latéraux aux quarante mille facettes voyaient autour d'elle le monde en bleu, ultraviolet, orange et vert bleuâtre.

C'est ainsi que lui apparut la silhouette de l'homme : orange et verte, quand il s'avança au milieu du rucher, en combinaison et cagoule. À grands pas, il marcha, hache brandie, vers la ruche où pondait sans discontinuer la reine de la butineuse du châtaignier. La lame tournoya, renversant à une vitesse sidérante le bel amas d'alvéoles aux formes parfaites, le miel, le couvain, les cadres, tout explosa et une onde de désarroi vibrant, d'odeurs, de signaux d'alerte, de bourdonnements submergea l'abeille.

Quand Simona entra dans la cour de la caserne, l'adjudant Calabonda se dirigeait à grands pas vers la première des deux Gazelle qui attendaient, moteurs ronflants, gyrophares clignotants. En voyant la policière, il fit la grimace :

— Ah, commissaire, je suis désolé, j'ai une urgence, annonça-t-il en continuant à marcher. On se voit plus tard, téléphonez en fin de matinée…, précisa-t-il en ouvrant la portière côté passager.

— C'est lié à notre affaire ? demanda Simona.

— Je n'en sais rien, rétorqua-t-il avec une moue dubitative. Je vous tiendrai au courant…

Manifestement, il ne lui déplaisait pas de faire sentir à cette superflic qu'ici, ce n'était pas elle qui commandait. Comme il levait la main en signe d'adieu, la commissaire lui fit signe de baisser la glace.

— Vous devriez parler avec Felice, suggéra-t-elle.

Sous l'effet d'une contraction générale du visage, la moustache noire du carabinier remonta contre ses narines, les bouchant hermétiquement et il retira ses lunettes de soleil pour bien montrer que ses yeux lançaient des éclairs.

— Le journaliste ? Hors de question que je perde une seconde avec ce mythomane roux !

Puis l'officier eut un mouvement du menton à l'adresse du chauffeur et sa voiture partit sur les chapeaux de roues, entraînant le second véhicule dans son sillage, tandis que les sirènes se mettaient à hululer.

« Encore heureux que Marco m'ait laissé la voiture », pensa Simona en se dirigeant vers l'hôtel pour prendre dans le garage leur moyenne gamme de marque allemande de couleur bleue. Vingt minutes plus tard, elle était à Pinerolo et comme elle cherchait à se garer dans une rue étroite sous le Palais construit dans les anciennes fortifications françaises, son automobile se trouva nez à nez avec une autre, noire et plus coûteuse, en train de descendre. À côté du chauffeur, elle reconnut la silhouette filiforme du procureur Evangelisti. Le magistrat ouvrit la portière et descendit pour lui serrer la main.

— Je me rends sur les lieux d'un nouveau crime… eh oui, notre région est en train de grimper dans les statistiques de la criminalité. Si vous voulez, vous vous garez et vous venez avec moi, nous pourrons en parler en route. Il semble que ça ait un rapport avec notre affaire.

Simona fit ce qu'on l'invitait à faire et quelques minutes plus tard, tandis que la voiture noire, gyrophare allumé, roulait aussi vite que possible dans les rues étroites du centre historique, le procureur se retourna à demi pour montrer du menton un journal posé sur le siège arrière, à côté de la commissaire :

— Vous êtes devenue une célébrité locale, lança-t-il.

Simona prit en main le *Quotidiano delle Valli* où sa photo apparaissait en première page. Comme elle avait été repiquée de sa rubrique Wikipédia, la définition était mauvaise, elle avait du mal à se reconnaître dans cette dame replète à la chevelure trop apprêtée. Le titre annonçait que la célèbre commissaire antimafia Tavianello était « mêlée au meurtre de l'*ingegnere* Bertolazzi », formulation pour le moins ambiguë, mais la légende de la photo révélait qu'elle « avait accepté d'éclairer de ses conseils l'adjudant Calabonda », ce qui brouillait encore le message. Voilà pourquoi l'adjudant a eu l'air si peu content de me voir tout à l'heure, songea Simona. La voix du procureur l'arracha à sa lecture :

— Si ça se trouve, l'année prochaine, on vous demandera d'être le masque de fer...

— Le masque de fer ? répéta Simona en levant les yeux pour croiser le regard amusé qu'Evangelisti lui adressait dans le rétroviseur intérieur. Là, je ne vois pas...

— Pinerolo a appartenu pendant de longues périodes au royaume de France et c'est dans la citadelle de notre ville que Louis XIV aurait fait enfermer le fameux prisonnier. Chaque année, le premier week-end d'octobre, on évoque la légende du Masque de Fer dans une manifestation en costumes avec de nombreux groupes venus de toute la province de Turin, ça s'appelle « Le masque de fer et les mousquetaires ».

Le procureur s'interrompit, le chauffeur opérait le dépassement sans visibilité d'un poids lourd pour prendre la bretelle d'une provinciale. Le magistrat parut vouloir dire quelque chose à l'homme, un petit bonhomme chauve, d'après ce que voyait Simona, puis il se ravisa et comme, le dépassement achevé, la voiture entrait sur une voie dégagée, la policière insista :

— Euh, oui, c'est intéressant mais je n'ai pas très bien compris en quoi cela me concerne ?

Evangelisti sourit derechef :

— Le masque de fer est incarné durant tout le week-end par une célébrité dont l'identité n'est révélée qu'à la fin des célébrations, sur la Piazza Fontana. L'année dernière, c'était un comique télévisé, comment s'appelle-t-il, son nom m'échappe pour l'instant… Bref, jusqu'à présent, nous n'avons eu que des hommes mais je ne vois pas pourquoi nous ne pourrions pas imposer la parité là aussi…

Comme Simona gardait une expression neutre, il changea de ton :

— Bon, blague à part, on dirait que notre affaire se complique. Il y a un nouveau mort...

— Encore un meurtre ? Où ça ?

— Un meurtre, je n'ai pas dit ça... ce n'est pas clair. Ce qui est sûr, c'est qu'il y a un mort dans le rucher de Minoncelli. Lequel a été dévasté, apparemment.

— Mais il est où Minoncelli ? Toujours à la caserne ?

— Il a passé la nuit à la caserne et il y est toujours, mais pas pour longtemps, je ne vais pas demander de mesure d'incarcération préventive au juge des enquêtes préliminaires. D'après les premières constations de la Scientifique et d'après vos propres déclarations, Bertolazzi a été tué à un moment où Minoncelli était à Torre Pellice, en train de discuter avec les propriétaires de la librairie Claudiana.

On monta lentement dans l'immense embrassade des montagnes qui ouvraient leurs bras derrière Pinerolo, on franchit des ponts sur des torrents, il y eut des perspectives verticales, des brumes lumineuses, des crêtes lointaines, des tunnels sombres de conifères et des panoramas soudains. Puis on marcha sur la prairie derrière la maison de Minoncelli et des phrases revinrent à l'esprit de Simona. « Nous sommes au printemps. De derrière le Mur Vert, des plaines sauvages et inconnues, le vent nous apporte le pollen jaune et mielleux des fleurs. Ce pollen sucré vous sèche les lèvres, sur lesquelles il faut passer la langue à chaque instant. Toutes les femmes qu'on rencontre doivent avoir les lèvres sucrées (et les hommes aussi naturellement). Cela trouble un peu la pensée logique. »

Au-delà du nuage jaunâtre qui flottait sur la prairie, la commissaire aperçut les ruches renversées, leur contenu répandu dans l'herbe. La commissaire qui ne s'était, jusque-là, aucunement intéressée à l'apiculture, éprouva un sentiment de désolation devant ce spectacle, qui lui fit penser aux ruines d'une cité après un tremblement de terre. Quelque chose d'autre la troublait, qu'elle mit plusieurs secondes à identifier : le silence. Les hommes de la Scientifique faisaient leurs relevés et prenaient des photos sans mot dire, Calabonda et ses hommes les observaient, bras croisés. Mais il n'y avait pas un bourdonnement d'abeille. Ni du côté du toit où, la veille, les butineuses se pressaient, ni du côté des ruches. Où étaient-elles passées ?

En approchant en compagnie du procureur, Simona distingua ce qui devait être le cadavre, plus par la manière dont les techniciens lui tournaient autour en la photographiant, que par ses formes. À quelques mètres encore, il n'était pas facile d'identifier dans cet amas une silhouette humaine. Un bras disparaissait sous un amas de cadres, d'alvéoles mielleuses et de mottes de terre, et de l'autre manche du T-shirt émergeait une chose oblongue et violette qui s'avéra, de plus près, être un bras boursouflé d'enflures irrégulières. Les jambes, à demi cachées par des débris de ruches, étaient gonflées comme celles d'un noyé qui a séjourné plusieurs jours dans l'eau. Le visage…

— C'est quoi ça ? s'interrogea la commissaire à voix haute.

Elle avait vu des cadavres de mafieux défigurés par la lupara[1] ou la kalachnikov, mais ça, cette espèce de courge rouge à moitié écrasée, jamais.

— Ça c'est une tête dont la moitié a été attaquée par des abeilles et l'autre arrachée par une balle de très gros calibre, dit une voix dotée d'un fort accent sicilien et elle ajouta : Je ne peux pas vous le dire avec certitude, mais je parierais pour du 12,7 mm, un projectile capable de traverser les deux vitrages blindés d'un sas de banque, tiré sans doute par le PGM Hécate II, une arme de guerre utilisée par les tireurs d'élite…

Simona s'était retournée pour voir qui parlait et avait découvert un petit homme replet, au sourcil froncé qui lui donnait une mine de

---

1. Fusil de chasse à canon scié, instrument de règlement des différends dans l'économie informelle sicilienne.

perpétuelle fureur, laquelle correspondait sans doute à la réalité puisqu'il ajouta :

— Et venez pas me casser les couilles à m'en demander plus, parce que je suis pas d'humeur et que j'ai même pas encore fini l'autopsie de l'autre cadavre que déjà vous me posez des questions sur celui-là. Mais qu'est-ce qui vous prend, dans ces montagnes ? Pire que par chez nous, vous êtes ! Vous bouffez du *catafero* au petit déjeuner, ou quoi ?

Sur ce, le bonhomme se dirigea à grands pas vers une petite voiture allemande garée n'importe comment près du pavillon à dégustation.

— Docteur Pasquano ! lui lança le procureur. Votre rapport… ?

L'interpellé monta dans sa voiture et avant de claquer la portière cria :

— Ce soir, sur votre bureau. Vous en aurez deux pour le prix d'un. Mais faites pas chier à m'appeler avant.

Et il démarra en trombe, les roues arrière faisant gicler de la terre et de l'herbe.

— Je vous présente le Dr Pasquano, dit le procureur avec un demi-sourire. Un excellent professionnel et un caractère épouvantable, il a dû perdre au poker cette nuit.

— J'ai l'impression de l'avoir déjà rencontré, dit Simona.

— C'est très possible, si vous avez enquêté en

Sicile. Il a fait toute sa carrière entre Agrigente et Porto Empedocle. Il a demandé son transfert ici il y a un an, sur un coup de tête, après s'être disputé avec le questeur. À mon avis, il ne devrait pas tarder à retourner sur ses terres...

— Mes respects, monsieur le procureur.

C'était l'adjudant de carabinier qui s'était approché et avait porté brièvement la main à la casquette, regard fixé sur le magistrat, ignorant délibérément la commissaire.

— Bonjour, adjudant. Vous vous êtes fait une idée de ce qui s'est passé ?

Le carabinier passa vivement le pouce sur sa moustache et de l'index remonta ses lunettes noires.

— Comme il se doit, nous nous sommes abstenus de nous approcher du corps en attendant que la Scientifique ait fait son travail. Mais d'après un rapide examen des lieux, il semble que la victime se soit livrée à la destruction des ruches avec une hache qu'on peut apercevoir par là, à quelques centimètres de sa main...

Il montrait un amas de cadres brisés d'où émergeait une large lame.

— Et quelqu'un lui a tiré dessus pendant qu'il saccageait le rucher ? Avec une arme de guerre ?

C'était la commissaire qui avait posé la question. Le carabinier tourna la tête pour la regarder en face, comme s'il découvrait sa présence. Il semblait hésiter à répondre.

— Nous vous écoutons, dit Evangelisti, et l'utilisation de ce pluriel ne parut pas du goût du carabinier, car sa moustache remonta vers les narines mais il parla :

— Apparemment, marmonna-t-il.

Il marqua une pause, se racla la gorge, baissa la tête vers le cartable qu'il tenait à bout de bras.

— Il y a autre chose…, dit-il comme à contre-cœur. Encore une espèce de revendication… nous l'avons trouvée coincée sous une pierre, entre le rucher et l'orée de la forêt.

De sa sacoche, il sortit une feuille conservée dans un sachet de plastique scellé. Une phrase y était imprimée en rouge, en gros caractères :

« La Révolution des Abeilles a commencé. »

— Justement, les abeilles, où sont-elles passées ? demanda la commissaire.

Elle venait de se rendre compte que c'était ça qui l'avait frappée en arrivant : le silence, c'est-à-dire l'absence totale de ce bourdonnement qui, la veille, s'élevant depuis le toit fleuri de la maison, le rucher et les abords de la forêt, emplissait toute l'atmosphère.

L'adjudant retira ses lunettes noires pour mieux la dévisager. Sa lèvre inférieure esquissa une moue entre profonde perplexité et vague mépris.

— Je n'en sais rien, articula-t-il. Et, à vrai dire, je ne vois pas le rapport avec l'enquête…

— Vous trouvez un papier qui parle de « révolution des abeilles », les abeilles ont disparu et vous ne voyez pas le rapport ? insista la policière.

Visage de marbre, le carabinier s'abstint de répondre. Evangelisti se gratta la gorge :

— Sinon, vous avez réussi à mettre la main sur l'amant de Bertolazzi, le berger albanais… comment s'appelle-t-il déjà ?

— Mehmet Berisha. Non, nous ne l'avons pas encore trouvé mais nous le recherchons activement. Tout à l'heure, il y aura une opération de recherche dans les alpages.

L'adjudant fixa un point derrière la commissaire.

— Tiens, dit-il, voilà quelqu'un qui pourra peut-être répondre à vos interrogations essentielles sur les abeilles.

Le magistrat et la policière se retournèrent. Une voiturette rouge vif, de celles qu'on peut conduire sans permis, avançait en brinquebalant dangereusement dans la prairie. Elle pila et se gara de guingois à la hauteur du pavillon de dégustation. Une portière s'ouvrit et, de l'habitacle réduit émergea, dépliant des membres longs d'insecte géant, un type chauve à lunettes qui marcha vers le trio à grands pas.

— Je sais qui a tué ! criait-il en avançant. Je sais qui a tué !

Au fur et à mesure qu'il approchait, Simona put remarquer son œil écarquillé, son air exalté. Il s'arrêta à deux mètres du groupe, hors d'haleine.

— Je sais qui a tué ! répéta-t-il une troisième fois.

— Qui a tué qui ? s'enquit le procureur d'un ton neutre.

— Qui a tué ceux qui sont morts. Bertolazzi. Et la personne morte dans le rucher, là.

— Ah, vous savez ça ? reprit Evangelisti.

— Oui, désolé, votre petit polar est terminé. Vous comptiez sans doute nous tenir en haleine pendant un bon moment avec cette histoire, mais c'est fini, il n'y a plus de suspense. Je vais vous livrer le nom du coupable. Fin de l'histoire.

Il croisa les bras, se campa sur ses jambes et fixa tour à tour l'adjudant, le magistrat et Simona.

— Alors ? dit cette dernière.

L'homme soupira, baissa les yeux, l'air soudain désemparé.

— Plus précisément, dit-il d'une voix soudain hésitante, je peux vous dire qui est le mandataire. L'exécutant, ça n'a pas d'importance.

— Ça, c'est vous qui le dites. Mais ce mandataire, ce serait…

— Les abeilles.

Silence.

— Les abeilles ? répéta Simona.

L'homme hocha la tête.

— Les abeilles.

Le magistrat soupira.

— Commissaire Tavianello, je vous présente le *Professore* Sergio Marini, un enfant du pays et un spécialiste internationalement reconnu dans l'étude des abeilles. Ses conseils ont été fort utiles aux apiculteurs de la région.

— Dommage qu'il soit sujet à des bouffées délirantes, ricana l'adjudant. Vous m'excuserez, monsieur le procureur, madame la commissaire, mais des tâches routinières m'appellent...

Et après un bref salut militaire, il tourna les talons.

— Professeur Marini, dit Evangelisti, je ne doute pas que votre raisonnement attribuant la responsabilité finale de ces meurtres aux abeilles soit intéressant à suivre, je sais qu'en plus d'être un grand scientifique, vous êtes excellent orateur, j'ai assisté à une de vos conférences, vous savez manipuler à merveille les brillants paradoxes. Mais voyez-vous, je suis comme Caca... Calabonda, les tâches routinières m'appellent... vous voudrez bien ne pas vous approcher davantage du lieu du délit, n'est-ce pas, professeur ? Pour ne pas gêner le travail des enquêteurs...

Marini haussa les épaules.

— Bien sûr, dit-il. Dieu me garde de les

77

empêcher de perdre leur temps. Leur temps leur appartient, ils en font ce qu'ils veulent.

Le magistrat soupira puis se retourna vers Simona :

— Quant à nous, nous allons rentrer. Je crois qu'il n'y a pas grand-chose à glaner par ici, pour l'instant...

— Si vous permettez, dit la commissaire, je vais rester encore un moment. J'aimerais bien bavarder un peu avec le professeur. J'appellerai un taxi pour rentrer.

Le procureur leva un sourcil perplexe, parut vouloir dire quelque chose, jeta un coup d'œil en biais à Marini mais dit seulement :

— Comme vous voulez. À plus tard. Professeur, je vous salue.

Quand ils furent seuls face à face, Simona demanda :

— Pour commencer, pouvez-vous m'expliquer où sont passées les abeilles ?

Sur le visage de Marini, une expression de profonde stupéfaction apparut :

— Mais alors, dit-il, vous avez tout compris ?

4

Au-dessus de l'âpre Locride ou des ver-
doyantes Madonie, au cours d'opérations
diverses, recherches de mafieux en cavale, rafle
d'un clan, délivrance de personnes enlevées,
Simona avait souvent survolé des montagnes en
hélicoptère. Le fait que l'horizon bascule d'un
coup, qu'on frôle la cime des arbres, qu'on tombe
ou remonte brusquement à la verticale, séparé
du vide par une vitre qui paraît soudain bien
mince, n'était pas pour l'impressionner. D'un
coup d'œil par-dessus son épaule, elle constata
que les autres passagers étaient moins aguerris.
La pâleur du visage de Calabonda faisait paraître
ses moustaches et ses lunettes encore plus noires
que d'habitude, tandis qu'Evangelisti transpirait
beaucoup malgré les bouffées de vent frais qui
leur arrivaient par les ouvertures latérales. Si elle
n'avait pas peur, Simona jugeait le pilote guère
attentif au confort de ses passagers. En progres-
sant vers le sommet du Monte Banchetta,

l'appareil penchait à quarante-cinq degrés d'un côté puis de l'autre et prenait des virages brutaux pour suivre la lisière des mélèzes. Au-dessous, les silhouettes des vaches se rapprochaient parfois au point qu'on avait l'impression de croiser leur regard.

Elle dévisagea le pilote, un jeune gaillard en jean et chemisette à manches courtes. Il avait l'air concentré du professionnel en train d'exécuter sa mission. Quelque chose, tout de même, la troublait. Il avait posé sur son cou les gros écouteurs rembourrés de la radio de bord et glissé dans ses oreilles des pastilles blanches reliées par un fil blanc à une poche de poitrine… Ce n'était pas sur la tour de contrôle qu'il était branché, mais sur son iPod. Sans réfléchir, la commissaire tendit une main et approcha l'une des oreillettes de son propre conduit.

« Tatataan… tan !… TA TATATAAN… TAN ! TATATAAN… TAN !… »

Le crescendo lui fit écarter presque aussitôt la pastille et la remettre dans l'oreille de l'homme. Il se tourna vers elle et sourit largement :

— La chevauchée des Walkyries…, cria-t-il par-dessus le ronflement du moteur. Vous avez vu *Apocalypse Now* ?

Elle hocha la tête.

— *I love the smell…*, commença-t-elle à très haute voix.

— ... *of napalm in the morning*, compléta-t-il carrément extatique. Waoh ! Ça c'est du cinéma ! cria-t-il tandis qu'il tirait brusquement sur le manche et que le sommet d'un sapin apparaissait soudain dans leur champ de vision pour disparaître une demi-seconde plus tard.

— Putain merde, faites attention, explosa Calabonda.

Pour toute réponse, le pilote leva le pouce, comme un yankee juste avant le mitraillage du village viet.

Simona passa une main dans sa crinière blanche. C'est peut-être l'air de la montagne, songeait cette partisane des bords de mer, à propos de l'abondance des givrés qu'il lui semblait rencontrer depuis la veille. D'abord Felice, « le mythomane roux », comme l'avait appelé l'adjudant. Tout de même, elle comptait bien le revoir le lendemain, moins curieuse de connaître le résultat des analyses de son logiciel basé sur les technologies *neural network*, que de lui soutirer quelques renseignements supplémentaires sur l'environnement local. Après le journaliste, il y avait eu le Pr Sergio Marini, spécialiste des abeilles.

— Mais alors, vous avez tout compris ? lui avait-il demandé quand elle l'avait interrogé sur la disparition des hyménoptères autour du rucher dévasté.

— Compris quoi ? avait-elle rétorqué et il avait eu l'air interloqué, l'avait scrutée puis :

— Excusez-moi, avait-il dit, je me suis trompé. Après tout, ce ne sont que des hypothèses...

— Mais de quoi parlez-vous ? Je ne comprends rien. Et d'abord, pourquoi dites-vous que les commanditaires des meurtres, ce sont les abeilles ?

Il avait eu un grand sourire, amical et désarmant :

— J'ai dit ça, moi ?

— Oui. Vous nous l'avez dit, à l'adjudant Calabonda, au procureur Evangelisti et à moi-même.

— Ah, je suis désolé. Vous savez, c'est vrai que j'ai parfois des bouffées délirantes. Je souffre de schizophrénie. Cacabonda est au courant et il ne m'en veut pas pour ça...

Il continuait à sourire avec l'air de se demander ce qu'il faisait là :

— En quoi puis-je vous être utile ? dit-il après un silence.

— Si vous avez un moment, on pourrait peut-être aller dans un lieu plus tranquille, proposa-t-elle avec un geste de la main désignant les allées et venues des carabiniers et de la Scientifique autour du rucher dévasté de Minoncelli. Pour que vous me parliez un peu des abeilles. Et du pourquoi de leur disparition.

Au volant de leurs véhicules respectifs, ils s'étaient rendus dans le centre de San Giorgio al Monte pour se retrouver dans un salon de thé, où il avait commandé d'autorité deux parts de gâteau au gianduja et deux thés Darjeeling avant d'expliquer sa théorie : les abeilles mouraient de suradaptation. Leurs organismes, désormais bourrés de pesticides et produits organochlorés butinés jusque sur les sommets des Alpes, avaient subi une mutation de leurs défenses immunitaires. Au moment où il s'était lancé dans des explications scientifiques, le portable de Simona avait sonné, elle avait vu que c'était Marco et s'était abstenue de prendre la communication en se promettant de le rappeler plus tard, mais ensuite, elle avait été trop distraite pour suivre la démonstration. Elle retenait seulement que, selon Marini, et il avait employé lui-même la métaphore, les abeilles étaient en train de mourir d'avoir trop bien essayé de s'adapter à l'évolution du monde, au lieu de lui résister, « offrant ainsi l'image parfaite de la trajectoire d'une certaine gauche ».

Ils avaient convenu de se revoir le lendemain après-midi, chez Marini, pour poursuivre la conversation. Elle avait hâte de rappeler son cher époux…

— On y est, cria Calabonda dans le dos de Simona.

Franchissant une crête crénelée de cimes de mélèzes, l'hélico surgit au-dessus d'une conque où des hectares et des hectares d'alpages s'élançaient vers une muraille de monts couleur ardoise et tachée de neige éblouissante. Simona prit en plein visage la gifle visuelle des vagues roses, violacées, blanches et jaune d'or des asters, des caltha, des soldanelles, des silènes acaules et des pensées du Mont-Cenis qui couvraient les prairies. « Presque aussi beau que la mer », concédat-elle mentalement.

— C'est là, annonça Calabonda en montrant un tertre herbu sur lequel on distinguait, à côté d'un enclos où se serrait un troupeau de quelques centaines de moutons, un petit bâtiment sans étage.

Adossé à une énorme roche ronde, c'était un simple abri en pierres sèches et plates, y compris le toit unique descendant vers une porte et deux fenêtres qui semblaient les seules ouvertures. Au pied de la butte, au bout d'une route de terre battue, trois véhicules tout-terrain du corps forestier étaient garés et l'on distinguait, disposées en demi-cercle à une trentaine de mètres autour du bâtiment, une douzaine de silhouettes d'hommes en tenue de camouflage et munis d'armes longues.

— Très bien, dit l'adjudant qui avait collé

contre ses yeux les jumelles accrochées à son cou. Le dispositif me semble hermétique.

Simona croisa le regard d'Evangelisti qui lui parut beaucoup plus incertain que la voix du carabinier. L'appel du procureur l'avait cueillie sur le seuil du salon de thé où elle avait laissé le professeur Marini achever de dévorer la deuxième part de gâteau à la gianduja, alors qu'elle s'apprêtait à rappeler Marco. Le magistrat lui avait proposé de les rejoindre au plus vite à l'héliport derrière la caserne : on avait repéré Mehmet Berisha, le berger albanais. Il avait tiré un coup de feu à l'approche des carabiniers, on attendait des renforts pour l'interpeller et si elle voulait, elle pourrait assister à l'interpellation et au premier interrogatoire.

Maintenant l'appareil se posait dans un grand tourbillon cinématographique d'herbes couchées, de militaires courbés la main sur leur couvre-chef, de radio crépitante. Tandis que les pales effectuaient leurs derniers tours de plus en plus lents, les passagers quittèrent la prairie et, encadrés de carabiniers portant casque et gilet pare-balle, gagnèrent la route. Derrière un talus qui bouchait la vue de la bergerie, près des voitures garées, un ventripotent brigadier les accueillit d'un salut militaire.

— Le dispositif est en place, annonça-t-il. L'individu ne peut sortir que par l'avant, il n'y a pas d'ouverture sur les côtés et à l'arrière, il y a la roche. Les tireurs tiennent les fenêtres et la porte en joue, précisa-t-il en montrant plus haut dans la prairie, à une trentaine de mètres de la bergerie, un massif de rhododendrons en fleur.

Simona plissa les yeux et elle distingua au pied des arbustes trois carabiniers couchés dans l'herbe, leurs pistolets mitrailleurs pointés sur le bâtiment. Un peu plus loin sur la droite, derrière un abreuvoir, elle vit trois autres militaires accroupis, main droite reposant sur le fusil lance-grenade. Il y avait d'autres hommes, carabiniers ou gardes forestiers, couchés dans l'herbe, à droite et à gauche.

Le brigadier tendit un mégaphone et un masque à gaz à l'adjudant.

— Quand vous voudrez faire les sommations… Nous sommes prêts pour l'assaut, conclut-il avec un frémissement dans les jambes laissant deviner qu'il s'était retenu de claquer des talons.

Calabonda prit ce qu'il lui tendait.

— Eh bien, dit-il en se tournant vers le procureur. Si vous êtes d'accord, allons-y…

— Une seconde, intervint Evangelisti. Racontez-moi d'abord en détail ce qui s'est passé, intima-t-il au brigadier.

Ce dernier jeta un coup d'œil vers l'adjudant qui repoussa de l'index ses lunettes noires vers le haut du nez et d'un signe du menton, incita son subordonné à répondre.

— Sur vos instructions, mon adjudant, je suis parti de la caserne à 10 heures avec deux hommes, dans la jeep du garde forestier Alio, qui conduisait. Nous nous sommes garés ici, nous avons escaladé le talus et avons commencé à marcher vers la bergerie. Et tout à coup, un coup de feu a claqué. Nous nous sommes jetés à terre. J'ai crié « Carabiniers, sortez les mains en l'air ». Il s'est passé quelques secondes puis de l'intérieur, l'individu a crié dans sa langue. Il avait l'air très excité.

— Qu'est-ce qu'il a crié ? demanda Simona.

Le brigadier se tourna vers elle et la dévisagea. Visiblement il reconnut la célèbre policière dont la photo avait été publiée par le *Quotidiano delle Valli* car il sourit et s'empressa de répondre sans demander cette fois l'assentiment de son supérieur :

— Je ne sais pas, commissaire. Je ne parle pas l'Albanais.

— Vous ne sauriez pas essayer de reproduire les sons ? insista Simona. J'ai appris un peu la langue, en enquêtant sur la mafia albanaise, précisa-t-elle à l'intention du procureur.

Le brigadier se gratta la tête.

— Je ne sais pas trop. Un truc comme « brakala ». Il l'a répété plusieurs fois.

La policière fronça le sourcil. Ça ne lui disait rien.

— Autre chose, reprit-elle. Vous dites qu'il y a eu une détonation. Mais vous êtes sûr qu'elle venait de la bergerie ?

Le carabinier parut interloqué et laissa passer deux ou trois secondes avant de répondre :

— Sûr à cent pour cent, c'est difficile, vous savez, la détonation a résonné dans tout ce cirque de montagnes... Mais je ne vois pas qui d'autre...

— Écoutez, dit l'adjudant avec un claquement de langue agacé. Ça me paraît clair, non ? Si ce n'est pas lui qui a tiré, pourquoi refuse-t-il de sortir de la bergerie ?

— Ça c'est vrai, observa Evangelisti. Bon, allez-y, dit-il à l'adjudant. Procédez aux sommations.

Calabonda décrocha le walkie-talkie fixé à sa ceinture, l'approcha de sa bouche.

— Autorité à tireurs. Vous me recevez ?

— Bien reçu, hurla l'appareil.

— Je vous rejoins, dit l'adjudant, couvrez-moi.

L'échange avait paru résonner dans toute la vallée. « Si l'autre n'a pas entendu, songea Simona, c'est qu'il est sourd. » Et elle se retrouva en train de courir, courbée en avant à côté de l'adjudant. Quand, parvenu au pied des rhododendrons aux fleurs pourpres, le carabinier s'aperçut qu'il avait été suivi par la policière et par le procureur, il poussa un soupir exaspéré mais ne dit rien. Couché dans l'herbe, il prit une bonne minute pour retrouver son souffle puis demanda aux tireurs :

— Les ouvertures sont sous contrôle ?

Les trois hommes répondirent successivement :

— Fenêtre droite sous contrôle.

— Porte sous contrôle.

— Fenêtre gauche sous contrôle.

Calabonda eut un sourire carnassier.

— Alors, je suppose que vous ne pensez plus que ça ne servait à rien, l'entraînement que je vous ai fait faire ! grogna-t-il puis il approcha le walkie-talkie de sa bouche :

— Équipe lacrymogènes, vous êtes prêts à tirer à mon signal ?

Les autres appareils étaient eux aussi réglés si fort que la question de l'adjudant leur revint depuis l'abreuvoir, réverbérée par les hauteurs environnantes. Simona secoua la tête mais ne dit rien.

— Prêts, beugla le walkie-talkie de Calabonda.

Ce dernier posa son masque à gaz à terre, prit la poignée du mégaphone dans une main et dans l'autre le micro relié au haut-parleur par un fil à spirale.

— Mehmet Berisha, commença-t-il mais il y eut un sifflement si fort et si aigu que tous les présents se portèrent les mains aux oreilles.

L'adjudant régla une molette et reprit :

— Mehmet Berisha…

De l'intérieur de la bergerie, on cria. Simona fixait le bâtiment, essayant de comprendre ces sons qui lui évoquaient vaguement quelque chose. « Brakala ? » Non, c'était pas ça. Brokala ? Brokanlé ? Qu'est-ce qu'il disait, le berger ?

— Ici l'adjudant Calabonda. Sortez immédiatement mains en l'air ou nous serons obligés d'envoyer des grenades lacrymogènes.

La voix cria et cria encore. Puis le silence revint dans la vallée.

L'adjudant laissa passer quelques secondes. Puis il haussa les épaules et ordonna dans le walkie-talkie :

— Une grenade dans chaque ouverture.

Il y eut trois détonations presque simultanées. Au terme de leur orbe fumante, un des projectiles tomba à deux mètres du seuil, un autre rebondit contre la pierre du mur et roula non loin du premier, l'un et l'autre commençant à répandre une fumée épaisse et blanche qui se répandit dans le sens du vent, vers l'abreuvoir, où les hommes se mirent à tousser et vers l'enclos, où les moutons bêlèrent, le troupeau se déplaçant au galop vers l'autre extrémité de son parc. La troisième grenade entra par la fenêtre.

À l'intérieur, l'homme hurla, toujours les mêmes sons, d'une voix devenue suraiguë.

— Merde, dit Simona, qui avait enfin compris et elle se leva d'un bond, ramassant au passage le masque à gaz.

— Qu'est-ce que vous faites ? hurla Calabonda, revenez immédiatement ! Ne tirez pas ! cria-t-il à pleins poumons dans le mégaphone.

Tandis que l'injonction de l'adjudant grondait sur la prairie où elle faisait détaler des marmottes et s'envoler un couple de tétras-lyre au grand désappointement du renard qui les observait en salivant, tandis qu'un nouveau « revenez ! » résonnait jusqu'à trois kilomètres de là sur de la pierraille où un loup surpris posa une patte de travers, provoquant un micro-éboulement qui fit fuir des bouquetins, tandis que le son d'une troisième interpellation accompagnée d'un gros mot montait le long d'une cheminée granitique jusqu'à l'aigle royal qui tourna son œil rond étonné vers les petits êtres tout en bas, Simona songea avec une pointe d'orgueil qu'elle avait encore du souffle.

Quand même, quand elle parvint sur le seuil enfumé de la bergerie, elle était hors d'haleine et ça ne s'arrangea pas quand il lui fallut se coller le masque. Elle batailla pour l'attacher, toussa, s'empêcha de cracher, fonça.

Deux minutes plus tard, quand elle ressortit à reculons, traînant le corps inanimé du petit berger trapu et pesant une tonne, elle n'avait plus de souffle, plus de forces, plus rien.

Elle s'arracha le masque et dans les volutes de lait vénéneux qui la firent pleurer instantanément, aux silhouettes qui accouraient, l'entouraient, braquaient leurs armes sur l'homme à terre, elle hurla :

— *Broken leg ! Broken leg !*

Elle ne put empêcher ses poumons de se dilater, cherchant désespérément de l'oxygène, elle avala une grande goulée de gaz, marmonna :

— C'était de l'anglais, connards...

Et vomit.

— De l'anglais, répéta-t-elle. Pas de l'albanais. Ça veut dire « jambe cassée ».

Et elle vomit encore.

On l'aida à se relever, à marcher à contrevent, là où il n'y avait plus de fumée. Elle cracha d'abondance, se racla la gorge et, se tournant vers les carabiniers accroupis près du berger, lança de sa voix habituée à commander :

— Évacuation sanitaire d'urgence.

Puis elle se dégagea de la main du brigadier qui avait continué à la tenir par un bras.

— Cet homme est gravement blessé, lui dit-elle. Il a eu la jambe cassée par une balle. On lui a tiré dessus.

— Comment ça, tiré dessus ? Mais c'est lui...

Elle secoua la tête.

— Le coup de feu n'est pas parti de la bergerie. Fouillez-la. Ça m'étonnerait que vous y trouviez une arme. En tout cas une arme qui a servi récemment.

Evangelisti s'approchait, hors d'haleine.

— Vous nous avez flanqué une belle trouille. Il est gravement blessé ?

— Vu les dégâts, lui dit-elle, ça ne m'étonnerait pas que la balle soit du même calibre que celle qui a tué l'homme dans le rucher. Il a perdu beaucoup de sang. J'espère qu'il va s'en tirer. Sinon, il va falloir expliquer pourquoi, au lieu de lui porter secours, les forces de l'ordre ont tenté de l'asphyxier.

L'adjudant, après avoir parlé avec le groupe qui emmenait le berger sur une civière, s'approchait d'eux. En le regardant venir, le procureur souffla à Simona :

— Voilà, vous savez maintenant le sens du verbe « cacabonder ».

Ce fut évidemment ce moment que Marco choisit pour rappeler en exigeant de savoir pour quelle raison elle avait été injoignable toute la matinée.

L'hélicoptère ayant été mobilisé pour transporter le blessé, on s'entassa dans les tout-terrain du corps forestier. Simona évita de monter dans le même véhicule que Calabonda. Après avoir semblé hésiter, Evangelisti se décida à voyager avec l'adjudant. La commissaire se retrouva assise à l'avant avec une belle forestière dont l'uniforme contenait mal, à chacun des innombrables cahots de la route, les rebonds d'une poitrine abondante. Elle s'appelait Anna et, passionnée de nouvelles techniques, expliqua à Simona l'intérêt, selon elle, d'un projet-pilote en cours de discussion, qui consisterait à capturer le plus grand nombre possible d'animaux du parc de la Val Troncea, où l'on se trouvait, pour leur glisser sous la peau une puce RFID (*Radio frequency identification*) avant de les relâcher. Cela permettrait de suivre en permanence leurs déplacements.

— Est-ce que vous vous rendez compte ? On saurait à chaque instant où se trouve chaque animal du parc. On pourrait protéger les troupeaux sans avoir à abattre un seul loup, et abattre à coup sûr les animaux en surnombre.

— Mais est-ce que vous pensez que cette technique pourrait être appliquée aussi aux humains ? s'enquit Simona.

— Est-ce qu'elle pourrait ? s'enthousiasma la forestière. Mais vous avez mis le doigt justement sur le point essentiel. Vous avez saisi toute la portée du projet ! La question n'est pas si on va appliquer cette technique, mais quand. La puce est au bout d'un processus qui a commencé le jour où on a eu l'idée d'attribuer un numéro à chaque citoyen à sa naissance, le code fiscal en Italie, le numéro INSEE en France, un numéro qui en lui-même contient déjà des renseignements sur le nom, la date et le lieu de naissance, etc. Après, ce numéro, on a pensé à le mettre sur une carte, puis quand on a inventé la puce informatique, on a eu l'idée de mettre ce numéro avec d'autres renseignements sur une puce dans la carte et fatalement, on finira par aller au plus simple : mettre la puce sous la peau des gens. À mon avis, d'ici vingt-trente ans, nous aurons tous une puce implantée sous la peau qui fonctionnera aussi bien comme document d'identité que comme carte de crédit. Et vous savez quoi ? Ces puces, elles dialogueront avec les puces des marchandises que nous mettrons dans le caddy et avec celles des caisses enregistreuses des supermarchés, comme ça il suffira de passer près des caisses pour que tout ce que nous venons d'acheter soit comptabilisé et débité directement de notre compte en banque, pareil dans les transports, pareil partout : à terme, ça signifie la disparition de la monnaie. Ces puces nous permettront d'entrer là où nous sommes autorisés à le faire sans avoir à montrer de papiers, les puces de tous les objets et de tous les humains dialogueront entre elles, on aura des stocks de marchandises qui annonceront à d'autres stocks à des milliers de kilomètres de là qu'ils sont en train de s'épuiser, qu'il faut les renouveler et alors des humains ressentiront une impulsion électrique qui leur dira qu'il faut consulter un écran et ils enverront les produits là où on en a besoin... vous vous rendez compte ?

— Oui, je crois que je me rends compte. Vous êtes drôlement bien renseignée, il me semble.

La jeune femme lui lança un coup d'œil ironique.

— Vous croyez que les forestiers sont forcément des gens frustes ?

Et comme Simona secouait la tête, Anna ajouta :

— Je suis membre du Cercle technophile de la Vallée. Notre groupe fait partie d'un réseau mondial de gens qui réfléchissent aux applications de la science dans le futur. Nous sommes résolument partisans de la théorie de l'homme augmenté.

— C'est quoi ça ?

Anna ouvrit la bouche pour répondre mais le quatre-quatre freina brutalement. Des silhouettes de chevreuils apparaissaient dans l'ombre, derrière les troncs de mélèzes au bord de la route. L'un d'eux tourna son fin museau vers le véhicule et son œil noir parut soupeser la charge de danger dans cette masse métallique remplie d'hominidés. Les passagers gardaient le silence, le moteur ronronnait doucement. En quelques bonds gracieux, quatre animaux traversèrent, leurs sabots touchant à peine la route.

— Nous entrons dans un nouveau cycle de développement des techniques qui vont transformer l'humain, reprit la forestière : c'est ce qu'on appelle la NBIC. Pour Nanotechnologies, Biotechnologies, Informatique, Cognition. Ces techniques scientifiques vont converger pour modifier la nature de l'homme, accélérer son développement, pour passer de l'*Homo sapiens* à l'homme augmenté. Si vous n'êtes pas documentée, vous aurez du mal à le croire mais un jour, nous parviendrons sans doute à vaincre le vieillissement et la mort…

— Oui, c'est vrai, je ne suis pas documentée et j'ai du mal à le croire, admit Simona en contemplant, au sortir d'un virage, Sestriere, ses immeubles tours et ses immeubles barres, ses câbles de remontées, ses bandes de terrain pelées qui indiquaient les pistes de ski et les banderoles saluant la présence de l'équipe de foot nationale en séjour de préparation pré-mondial.

Elle toussota, décidée à manifester de l'intérêt :

— Mais dites-moi, pour en revenir à la technique des puces sous-cutanées, vous pensez que ça pourrait nous apporter quelque chose, à nous autres policiers ?

— Évidemment. Imaginez les possibilités que ça ouvre. Nous serons toujours constamment traçables, impossible de nous perdre, impossible de disparaître, les enfants ou les vieux atteints d'Alzheimer ou les gens aux arrêts domiciliaires qui s'éloigneraient trop de la borne de leur domicile déclencheraient une alarme. Mais plus que ça : imaginons d'ici quelque temps comment ça pourrait se passer : si un délit est constaté, les caméras de télésurveillance qui sont déjà largement répandues mais qu'on aura un jour partout, ces caméras, non seulement elles donneront l'alerte mais en plus, elles enregistreront instantanément les coordonnées du délinquant, qu'on pourra suivre à la trace dans tous ses mouvements. Étant entendu que toute tentative d'enlever la puce de sous la peau déclencherait une alerte.

— Mais ce genre de projet ne soulève pas des oppositions ?

— Oh, les habituels ennemis du progrès. Et les défenseurs autoproclamés des droits de l'homme. Comme si le premier des droits de l'homme, celui qui passe avant tous les autres, ce n'était pas la sécurité… Vous êtes d'accord, non ?

Comme Simona ne répondait pas, elle insista :

— De toute façon, si on n'a rien à se reprocher, ça nous dérange pas d'être contrôlés, pas vrai ?

Et comme la commissaire s'obstinait dans le silence, la belle forestière s'échauffa :

— Mais vous vous rendez compte de l'importance de ce que nous allons expérimenter dans notre parc, si le projet est approuvé ? Grâce aux recherches effectuées ici, dans un avenir qui n'est pas si lointain, chacun de nous pourrait être repérable à chaque instant, avec l'historique en temps réel de tous ses déplacements, de tous ses achats, de tous ses actes ! C'est génial, non ?

— C'est génial, oui, dit Simona en songeant que la série continuait, sa théorie sur l'air de la montagne semblait se corroborer.

Deux heures plus tard, en discutant avec les frères Gnone, de la librairie Claudiana de Torre Pellice, elle dut admettre qu'il ne fallait tout de même pas généraliser son diagnostic psychiatrique à tous les habitants de la vallée. Ces deux-là étaient sensés, c'est sûr. Ils lui confirmèrent avoir bavardé avec Minoncelli avant même l'ouverture officielle de la librairie, vers huit heures. Il ne pouvait donc pas avoir tué Bertolazzi.

— Nous étions ici même, dit Massimo en montrant d'un geste circulaire le coin salon ménagé au centre du local, entre les rayonnages de livres.

— Minoncelli nous proposait d'organiser un débat avec les gens du Cercle technophile de la Vallée.

— Ah oui, dit Simona. Justement, on vient de m'en parler, de ce truc.

— Ce truc, intervint Stefano, comme vous dites, c'est l'antenne dans la vallée d'un réseau d'influence en faveur des nouvelles technologies, qui est financé par les plus grandes firmes de biotechnologies, et parmi elles, il y a Sacropiano. Or, d'après Minoncelli, qui a au moins un informateur chez Sacropiano…

— Qui a ou qui avait ? coupa Simona.

Les deux frères échangèrent un regard et Massimo dit lentement :

— Je vois que vous êtes au courant.

— C'était Bertolazzi, son informateur ?

Stefano haussa les épaules.

— Puisque vous êtes au courant… Minoncelli nous avait confié qu'il tenait ses informations de l'*ingegnere*. Donc, d'après lui, la multinationale avait l'intention de recourir aux nanotechnologies pour une expérience consistant à placer des micro-puces sur toutes les abeilles d'un rucher afin d'essayer de comprendre le *Colony Collapse Disorder*.

— Le syndrome d'effondrement des colonies d'abeilles domestiques, explicita Massimo.

Simona hocha la tête.

— Je connais.

— Selon Minoncelli, Sacropiano avait l'intention d'utiliser le Cercle technophile de la Vallée pour faire passer l'idée. Et lui, il voulait organiser un débat public pour la combattre.

— Mais il se bat pour quoi, finalement, Minoncelli, pour protéger ses ruchers, ou alors, c'est plus général ? Je veux dire, il est membre d'un parti, d'une organisation, à part son Comité ?

— Pas que je sache, assura Massimo. Son combat, c'est le combat contre l'artificialisation et la marchandisation du vivant.

— Pour tout dire, on a de la sympathie pour lui, même si on n'approuve pas toujours ses méthodes, précisa Stefano.

Massimo se leva pour aller à la machine à café, derrière le bureau, à l'entrée de la librairie.

— Un café ? proposa-t-il.

— Volontiers.

Il y eut une pause pendant laquelle Simona réfléchissait. Juste après que les quatre-quatre avaient débarqué leurs passagers sur l'esplanade de la caserne, le procureur était venu l'avertir qu'il avait reçu plusieurs coups de téléphone pendant la descente sur la route de terre.

— D'abord, avait-il annoncé, Berisha est hors de danger. Les médecins interdisent tout contact avec lui pour l'instant mais selon eux, demain on devrait pouvoir l'interroger. Ensuite, on a identifié l'homme qui a ravagé le rucher de Minoncelli avant d'être abattu d'une balle de très gros calibre. C'est un certain Andrea Gandolfo, un apiculteur lui aussi. Calabonda va faire rassembler un maximum d'informations sur lui, j'aurai son rapport ce soir, en même temps que ceux de Pasquano sur l'autopsie de Bertolazzi et celle de Danela. On pourra faire le point à ce moment-là. Enfin, dernière nouvelle : il y a des équipes télé devant le palais de justice de Pinerolo et à votre hôtel. Vous êtes attendue de pied ferme. Qu'est-ce que vous faites, vous venez avec moi au palais ? Je peux mettre un bureau à votre disposition. Ou si vous préférez retourner à l'hôtel, je peux demander à l'adjudant de vous fournir deux ou trois hommes pour tenir la meute à distance.

— Je crois que je vais plutôt aller faire un peu de tourisme à Torre Pellice, avait-elle répondu.

Et elle était là, en train de déguster l'excellent café des frères Gnone en essayant de mettre en relation les projets d'une multinationale, le vol de son propre revolver pour abattre un ingénieur homosexuel, la destruction de ruchers d'un apiculteur, le *CCD*…

— Mais c'est sérieux, cette histoire de micropuces sur les abeilles ? demanda-t-elle après une dernière gorgée un peu trop sucrée.

Stefano posa sa tasse et se cala dans le large fauteuil où tant d'excellents auteurs en tournée de promotion avaient posé leur fessier.

— Techniquement, je crois que c'est faisable, avec les nanotechnologies… si vous voulez, ajouta-t-il en montrant l'arrière de la librairie, on a tout ce qu'il faut ici, comme documentation.

— Vous croyez que ça pourrait avoir un rapport…

Massimo sourit :

— C'est vous la policière, non ?

Stefano regarda sa montre et Simona s'empressa d'annoncer :

— Juste une ou deux questions et vous pourrez rouvrir la librairie. Qu'est-ce que vous pensez de Felice, le journaliste, pour vous c'est quelqu'un de fiable ?

— Oh, dit Massimo, il est comme tous les membres du Cercle technophile…

« Ah, nota Simona, il fait partie de ce machin, ça ne m'étonne pas. »

— … Un peu exalté, compléta Stefano. Mais dans son travail, il est très sérieux. Il essaie de le faire au mieux, ce qui ne correspond pas toujours aux exigences du *dottore* Signorelli, directeur du *Quotidiano delle Valli*.

— Et du professeur Marini, vous en pensez quoi ?

Massimo rit :

— Je vois que vous avez réussi à rencontrer en deux jours tous les originaux de la vallée. Si vous vous basez sur eux, vous devez avoir une drôle d'opinion sur ses habitants.

— Mais non, mentit Simona.

— Marini, c'est un peu pareil que Felice. Sauf qu'il est sans doute un peu plus dérangé. Mais dans sa partie, c'est un excellent spécialiste, paraît-il. Il a été appelé en consultation dans pas mal de pays.

— Bien, dit Simona.

Elle réfléchit quelques secondes puis :

— Une toute dernière question. Qu'est-ce qu'il y a à voir à Torre Pellice ?

5

À 21 heures, en juin, sur cette pierraille tournée vers l'ouest, il fait encore grand jour. D'énormes roches oblongues percent le sol en diagonale comme des cétacés jaillissant d'une mer de cailloux Devant une de ces masses, au bord d'un ruisselet né des plaques de neige qui limitent vers l'est l'étendue minérale en surplomb sur les Alpes, l'homme a posé son sac à dos et son arme. Adossé à la pierre froide, visage levé vers les rayons d'un soleil invisible, il tend l'oreille, n'entend que son propre souffle grossi par la marche. Puis sa respiration s'apaise, disparaît dans le total silence des hauteurs. Il reste ainsi de longues minutes, son équipement entre ses jambes écartées, talons calés dans les cailloux, tout à fait immobile. À un moment, il perçoit un claquement au loin : le choc des cornes de bouquetins se disputant des femelles. Cela dure puis cesse. Le silence à nouveau.

Jusqu'à ce que vienne, du côté du lac et des

bouts de prairies en contrebas, un sifflement. Des marmottes qui s'alertent.

Après, un très léger bruit de galopade, de pierres qui roulent, un froissement d'envol. Peut-être une perdrix des neiges dérangée par une hermine, ou un lérot ou un campagnol.

Puis, à nouveau, plus rien, longtemps.

Enfin, il l'entend. Le son qu'il attendait. Un bourdonnement à nul autre pareil. Et il la voit, perle de lumière virevoltant dans le couchant. Elle avance vers lui puis, à un mètre environ de ses yeux, ses quatre ailes brassant l'air à 240 battements seconde, elle amorce un virage, repart dans l'autre sens, dessine dans l'air un large huit. L'homme observe longuement la danse de l'abeille, son orientation par rapport au soleil, son allure très ralentie. Puis il sourit, ramasse son arme et se met en route. Tandis qu'il franchit un torrent, se hisse sur un surplomb, piétine un reste de névé, l'abeille repart d'où elle était venue, réapparaît, repart. On dirait qu'elle le précède dans sa marche.

Fleurs de courgettes à la mousse d'ombre sur filet de truite et écrevisse.

Tarte traditionnelle aux herbes de montagne en sauce d'anchois.

Raviolini au *giuncà*, pointes d'ortie et de ronce en sauce au *timo serpillo*.

Pintade de ferme au parfum de lichens des glaciers.

Fromages des alpages.

Tarte à la rhubarbe au sorbet de citron et arquebuse.

Pour la sixième fois, Simona se répéta le menu du dîner qui lui avait été offert à l'Ostu la Crota dell'Ours par le directeur de la bibliothèque du Centre culturel vaudois. Comme en conclusion, le chef Einhard Walter avait tenu à leur faire goûter divers types de grappa de montagne, la commissaire craignait que son esprit quelque peu flottant laisse dériver vers la haute mer de l'oubli le détail des agapes. Or, elle tenait à l'exposer tout à l'heure à Marco, dès qu'elle serait rentrée dans sa chambre d'hôtel, qu'elle se serait débarrassée des vêtements qui lui collaient, qu'elle serait passée par la salle de bain, et se serait jetée en soupirant sur le lit. Bref, dès qu'elle serait dans une position confortable et détendue, propice à une de ces longues conversations nocturnes qui, au long des années, concluaient immanquablement leurs innombrables soirées solitaires dans des villes éloignées de leur domicile romain, conversations dont le motif réel semblait être de parvenir, après les informations sur leurs journées de travail, les potins sur leurs collègues et leurs supérieurs, la colère partagée contre les politiciens italiens, à une de ces farouches engueulades propices au maintien de l'intensité entre vieux amants.

C'était avec cette douce perspective en tête que la policière franchit la porte du hall de l'hôtel mais à peine avait-elle mis le pied sur le tapis où des cerfs étaient chassés à courre par des rois, qu'une voix l'interpella, qu'elle connaissait trop bien :

— Commissaire Tavianello !

De derrière le dossier d'un divan qui tournait le dos à l'entrée, dans un coin du hall, émergeait un visage aux joues creuses, bleuies de barbe sous une couronne de cheveux savamment décoiffés. L'homme qui devait y être vautré de tout son long effectua une bizarre gymnastique pour se relever et passer par-dessus le dossier dans un élan athlétique : le journaliste Bruno Ciuffani ne laissait ignorer à personne, et surtout pas aux téléspectateurs de *La Mosca*, son émission, qu'il était sportif, participait au marathon de New York, soutenait la Lazio, etc., toute chose indispensable désormais à l'attirail du médiacrate néo-poujadiste, type très demandé par les directeurs de chaînes depuis une dizaine d'années.

Simona marcha droit vers l'ascenseur mais Ciuffani la rattrapa au moment où elle pressait le bouton d'appel.

— Foutez-moi la paix, dit la policière, j'ai sommeil.

Au même instant, de derrière un pilier, surgit un cadreur, caméra à l'épaule, qui tendit un micro à Ciuffani, lequel le mit sous le nez de Simona.

— Est-ce que le fait de vous être fait voler votre pistolet par quelqu'un qui a commis un meurtre vous qualifie particulièrement pour prendre la direction d'une enquête sur ce meurtre ? attaqua le journaliste tandis qu'un tintement signalait l'arrivée de la cabine. Ou bien ne vaudrait-il pas mieux que pour une fois vous fassiez preuve de modestie et vous laissiez les enquêteurs juridiquement compétents faire leur travail ?

Le projecteur de la caméra poussait Simona à plisser les yeux mais elle s'efforça de les garder bien ouverts et de conserver un visage impassible. Elle n'avait pas envie qu'on lui refasse le coup de la « grimace narquoise et méprisante, unique réponse de la commissaire à nos questions légitimes ». Les portes s'ouvrirent et elle s'engouffra à l'intérieur sans répondre ni chercher à les empêcher d'entrer, car elle savait d'expérience que tout mouvement pour s'opposer à la présence d'une caméra intrusive apparaîtrait à l'écran comme une violence inacceptable

109

contre la liberté de la presse et le droit d'informer.

— Est-il vrai que vous avez entravé une opération de police à seule fin de protéger un extra-communautaire albanais fortement soupçonné d'avoir trempé dans les assassinats de l'*ingegnere* Bertolazzi et de l'apiculteur Gandolfo ?

À l'énoncé de ce dernier nom, Simona demeura impassible. Le dîner n'avait été troublé que par un coup de fil du procureur Evangelisti qui lui rapportait que, d'après les premiers éléments de l'enquête, Andrea Gandolfo, dont le cadavre avait été retrouvé dans le rucher de Minoncelli, avait de graves différends avec ce dernier. Comme elle suggérait que les deux meurtres n'étaient peut-être pas liés, le magistrat lui avait objecté la présence des feuilles avec l'inscription « révolution des abeilles » et ils en avaient conclu qu'ils en reparleraient le lendemain matin.

L'ascenseur s'arrêta. L'objectif de la caméra se rapprocha encore du visage de la commissaire et la question surgit avant que les portes de l'ascenseur s'ouvrent :

— Est-il vrai que vous vous êtes disputée avec votre époux, le *questore* Tavianello, parce qu'il désapprouvait votre volonté de vous mêler de cette enquête ?

Simona ressentit comme un vide au niveau du

plexus et elle ne put empêcher un tressaillement de troubler la sérénité de son beau visage. Les portes s'écartèrent. Elle tourna le dos à l'équipe télévisée, fit le mouvement de sortir mais son pied droit, avant de se poser sur le palier, revint en arrière et cogna violemment le tibia du cameraman et elle se retourna pour dire : « oh pardon », tandis que son talon redescendait écraser les orteils du journaliste marathonien et, disant cela, elle appuya plus fort avec un mouvement en éventail du haut du pied, comme si elle s'efforçait d'enfoncer quelque chose dans la terre.

— Je n'aurais pas dû, reconnut-elle un peu plus tard, enfin étendue sur le lit. Mais c'était plus fort que moi.

— Tu penses que tu n'aurais pas dû, mais ça t'a fait du bien, commenta Marco. Alors, tu as bien fait. On ne peut pas les laisser nous marcher sur nos pieds à nous, sans jamais réagir, après tout. Qu'est-ce que tu es en train de faire ?

— Rien, je me masse un pied justement, d'une main, ça fait du bien.

— C'est pour ça que je t'entends respirer un peu fort. C'est... presque troublant.

Simona lâcha la plante de son pied gauche sur lequel elle était en train d'exercer des pressions bienfaisantes et se cala confortablement dans les oreillers pour s'efforcer de parler d'une voix étale.

— Tu sais, dit-elle, c'est étrange ce qui m'arrive dans ce coin de montagne, dit-elle. Je sais que tu penses que je perds mon temps. Pourtant, j'ai l'impression qu'il se passe ici quelque chose de très important, au-delà de ces deux meurtres.

Marco émit un grognement.

— Alors, si tu es restée, ce n'est pas juste parce que tu es vexée qu'on t'ait piqué ton arme pour tuer quelqu'un avec ? Tu es en train de t'intéresser vraiment à cette affaire ? D'y voir je ne sais quelles implications ?

— Oui, des implications qui vont bien au-delà de ces vallées...

— Cette histoire d'abeilles ?

— Pas seulement. J'ai rencontré le responsable de la bibliothèque du Centre culturel vaudois. Tu sais que Torre Pellice est la capitale de l'Église vaudoise. Sur le conseil des libraires de la librairie Claudiana, je suis allé voir ce M. Miro, nous avons eu une longue conversation...

Au moment d'ajouter qu'il l'avait invitée à dîner, elle s'aperçut que les détails du menu lui échappaient. Et puis, ce n'était pas le moment de l'énumérer pour faire râler Marco.

— Quel rapport, les vaudois avec ces meurtres chez les apiculteurs ?

— Bon, disons que d'une manière générale,

l'histoire des vaudois, ces hérétiques d'avant le protestantisme…

— Oh, ça va, ça va, pas besoin de me donner une conférence là-dessus. J'ai lu quelques articles sur la question…

Simona soupira.

— Permets-moi juste de te faire remarquer que, de par leur histoire, beaucoup de Vaudois ont gardé une certaine sympathie pour les attitudes hérétiques et un goût pour les débats d'idées. D'après les libraires, Miro était le type qu'il me fallait, le meilleur connaisseur des tensions qu'il y a dans la vallée, autour de la question des abeilles et de l'agriculture moderne. Et ils n'avaient pas tort. Depuis quelques années il y a eu beaucoup de conférences, de débats publics dans la rue ou à la télé, de «rencontres citoyennes» autour de problèmes comme les OGM ou la disparition des abeilles, qui concernent aussi bien l'économie de la région que la santé de ceux qui y habitent. Miro n'en a pas raté un. Il m'a montré un tas de documents, des textes de travail plus ou moins confidentiels ou des brochures pour le public. Et il est arrivé à une conclusion assez convaincante. Des gens que je prenais au départ juste pour des allumés, ceux du Cercle technophile de la Vallée, font en réalité partie d'un réseau d'influence transnational, avec un statut de fondation mais financé par Sacropiano. Il semble que cette multinationale ait décidé de faire de ces vallées un laboratoire d'expériences de technologies de pointe comme la mise au point de nouveaux pesticides, la modification des espèces animales, l'ingénierie moléculaire et les nanotechnologies. Et qu'elle teste le seuil d'acceptabilité de tout ça dans les populations locales…

— Oh là là ! Dans quoi tu t'es embarquée, ma pauvre ? J'espère au moins que le dîner était bon ?

— Quel dîner ?

Marco eut un petit rire.

— Tu ne vas pas me faire croire que ces conversations, tu les as eues devant un verre d'eau ? J'entends bien ton élocution, ma chérie, et je vois à quelle heure tu m'appelles. Toi, tu as banqueté, non ? Et après, ton Vaudois, il s'est jeté sur toi ? Vous vous êtes roulés dans le stupre et la fornication ?

— Arrête de dire des bêtises.

Marco abandonna le ton de la plaisanterie :

— Tu as dîné dehors, non ? J'ai appelé à l'hôtel tout à l'heure, on m'a dit que tu n'étais pas rentrée de la journée.

— Oui, j'ai évité de rentrer pour échapper aux journalistes mais la stratégie d'évitement n'a pas marché avec Ciuffani. Pour pouvoir me coincer, cette vipère aurait dormi dans le hall toute la nuit. Tu sais que je suis sûre que ce type est cul et chemise avec l'AISI[1] ?

— Ne recommence pas avec ta parano des services secrets. Et ne change pas de sujet. Tu as dîné avec qui ?

— Oh, mais ça va pas ? T'as fini de jouer les ados jaloux ? Oui, j'ai dîné avec M. Miro...

Elle allait ajouter qu'il était septuagénaire et se déplaçait en chaise roulante mais le menu lui revenant d'un coup en mémoire, dans un élan sadique, elle le lui énuméra. Marco écouta en silence avant de cracher son venin :

— Ah ben, alors, si après ça il a pas réussi à te sauter, ton Vaudois, c'est que c'est vraiment un couillon.

Et il raccrocha.

L'acceptabilité sociale, c'est avant tout une logique marchande, pour savoir ce qui est acceptable ou pas, et ce qu'il faut faire pour que le public finisse par accepter une technologie. Cette notion est apparue avec le développement des nouvelles technologies, notamment le génie génétique (ADN, OGM...), les « TIC », Technologies de l'information et de la communication (Internet, RFID, téléphonie...), la biométrie ou encore

---

1. L'Agence pour l'information et la sécurité intérieure, un des deux grands services secrets italiens.

les nanotechnologies. Ce déferlement d'innova-
tions provoque de larges transformations sociales
et des inquiétudes légitimes liées aux questions
sanitaires, sociales ou politiques. Il s'agit d'antici-
per ce qui peut être toléré. La question n'est plus
celle des besoins ni des envies, mais de savoir ce
que les consommateurs, ou les citoyens, ne vont
pas supporter. L'acceptabilité sociale peut être
comprise comme la volonté de rendre acceptables
des choses qui ne le sont pas (ou qui sont en oppo-
sition avec certaines valeurs). Les études en accep-
tabilité sociale étalent un cynisme purement
commercial, et révèlent, à y regarder de près, une
certaine volonté de manipulation politique. Les
recommandations publiées par les centres de
recherche nationaux, européens ou privés visent
d'abord à développer le marché des nouvelles
technologies en contournant le plus finement pos-
sible les résistances politiques, sociales ou cultu-
relles. Deux programmes de recherche européens,
*le JRC (*Join research centre*) et l'IPTS (*Institute
for prospective technological studies*) donnent le*
ton. (…) Une période de maturation, aussi appe-
lée co-conception dans le jargon R & D, sert à
prendre la «température sociale», à travers une
série de débats, de rencontres citoyennes, de
conférences de cercles d'amateurs passionnés de
science et théoriquement indépendants des intérêts
économiques. Sous couvert de créer une ambiance

certains chacals de diffuser certaines vidéos, n'est-ce pas. Celle où vous jouez les Polanski dans un jacuzzi avec une mineure, par exemple...

Ciuffani blêmit, reposa à terre son pied blessé. Ses longues jambes musclées découvertes par un glissement de la robe de chambre étaient parcourues d'un tremblement :

— Quoi, coassa-t-il, qu'est-ce que vous dites ?

L'agent sourit de nouveau.

— Allons, Ciuffani, pas d'inquiétude, nous sommes entre amis, non ?

Le journaliste passa une main dans ses cheveux en bataille :

— Je ne savais pas qu'elle était mineure... on n'aurait pas dit...

L'agent hocha la tête :

— Oui, c'est ce qu'a dit Polanski pour sa défense, et nous n'avons aucune raison de douter de sa bonne foi, remarqua-t-il en posant son verre sur la table de nuit et en se levant. Laissons tomber ces bêtises. Vous n'allez pas attaquer la Tavianello demain soir pour la simple raison que ce serait une erreur. Nous l'avons à l'œil. Pour l'instant, je vous conseillerais de ne laisser échapper que quelques-unes de ces allusions perfides où vous êtes passé maître. Par exemple, de dire de la manière dont certains experts antimafia refusent de prendre au sérieux la piste terroriste surprenante. On va attendre que Tavianello

de coopération avec les citoyens ou les consommateurs, l'acceptabilité sociale n'est finalement qu'une méthode pour désamorcer les résistances inhérentes à certaines technologies. Si les mots « éthique », « environnement » ou « sécurité » sont souvent employés, c'est d'abord pour calmer les esprits et rassurer les investisseurs financiers. (...)

Des mouvements de contestation ont déjà effrayé les pouvoirs publics et les industriels, qui ont retenu la leçon : ne pas imposer une nouvelle technologie de manière trop hâtive et désinvolte[1].

Simona sentit que ses yeux se fermaient. La lecture de la brochure offerte par M. Miro lui avait permis de retrouver son calme après l'algarade avec son mari. Elle posa le livre, éteignit. Au moment où elle allait sombrer dans le sommeil, la question surgit : Qu'est-ce qu'on cherchait exactement à faire accepter dans ces vallées ? Elle fit un effort pour ne pas essayer d'y répondre, mais elle se tourna et se retourna longtemps avant de trouver l'inconscience.

Et tandis qu'elle s'agitait dans son lit, trois étages plus bas, dans l'unique fauteuil de la chambre de Ciuffani, un homme d'une cinquantaine d'années buvait un troisième verre de la bouteille de whisky qu'il s'était procurée au bar. Assis en robe de chambre au bord de la couche

---

1. Cf. sources en fin de volume.

matrimoniale, un pied à terre, une jambe étendue sur le dessus-de-lit, le journaliste n'en était, lui, qu'à son premier verre et il contemplait d'un air morose son gros orteil entouré de sparadrap.

— La salope, grogna-t-il, elle m'a fait un mal de chien. Mais demain, je vais faire une émission de la *Mosca* en direct de San Giorgio al Monte et je vais l'assaisonner, cette grosse pouffiasse… Et dire qu'il y en a qui lui trouvent du charme, mon directeur de chaîne a même utilisé le mot « sexy »… vous vous rendez compte ? Avec ce gros cul et ces cheveux blancs ?

L'homme dans le fauteuil, chauve en léger surpoids, portant mocassins de veau, pantalon de lin et polo siglé, eut un geste de la main comme pour chasser une mouche.

— Des goûts et des couleurs…, marmonna-t-il.

Il semblait réfléchir et prit le temps de finir son whisky avant d'ajouter :

— Loin de moi l'idée de vous donner des consignes, dit-il, mais je pense que vous feriez mieux de vous abstenir de l'attaquer, pour l'instant.

Le journaliste ricana :

— Je suis bien sûr que vous ne songez pas à me dicter mes propos. Je me contente de retransmettre les informations que l'AISI me donne, quand je les trouve intéressantes. Et vous

savez bien que si vous essayiez de m'obliger à tenir des propos contraires à ma conscience, je serais le premier à vous dénoncer en public. Ce n'est pas parce que nous partageons la même vision de l'avenir de l'Italie que vous devez m prendre pour votre marionnette. Par exemple, Tavianello, si je veux me la faire demain soir…

L'homme de l'AISI leva les mains, paumes avant :

— Mais bien entendu, dit-il avec un bon s rire, nous savons que c'est uniquement patriotisme que, chaque fois que nous vo demandons, vous défendez nos thèses dar affaires brûlantes de la République. Et c'es quement en forme de reconnaissance pour haute conception du patriotisme que nou avons indiqué quelques bonnes affaires in lières à réaliser avec nos amis de la Pro civile[1].

Puis le sourire de l'agent s'effaça d'un

— Mais ne perdons pas notre temps e dages, ajouta-t-il, vous savez aussi bien que vous n'avez pas intérêt à nous attac nous affaiblirait considérablement, et serions peut-être plus en mesure d'

1. C'est une des curiosités du berlusconisme régime, la Protection civile a été chargée de men opérations immobilières qui ont débouché sur des ruption, notamment contre son directeur.

s'enfonce bien et ensuite, je vous promets que nous aurons sa peau. Vous savez bien que nous aussi, elle nous a pas mal cassé les pieds. Cette histoire de révolution des abeilles, ça sent l'écologisme radical. Je ne sais plus quel remarquable penseur français... Bernard-Henri Lévy peut-être, ou non, c'était une femme, en tout cas, elle a dit que le radicalisme, c'était souvent le plus court chemin vers la bêtise. Un slogan remarquable, n'est-ce pas, pour nous autres, extrémistes de la modération ? Cette fois-ci, un peu de terrorisme radical écologiste pourrait être le plus court chemin vers l'élimination de toute opposition au grand projet de recherche de Sacropiano dans ces vallées. Un projet auquel notre gouvernement est très attaché. Je vous en parlerai, une autre fois. Et si la Tavianello se fourvoie comme nous l'espérons, ça nous permettra de faire d'une pierre deux coups.

Tout en parlant, il s'était rapproché de la porte, avait posé la main sur la poignée. Il montra la bouteille de whisky qu'il avait gardée à la main :

— Je l'emmène. Je suppose qu'un grand marathonien s'abstient de commettre des excès alcoolisés, n'est-ce pas ?

Ciuffani eut un geste las et se garda de répondre.

— De toute façon, j'ai encore du boulot,

annonça l'agent avant de sortir. J'ai besoin de carburant.

Une heure plus tard, dans la plaine aux alentours de Pinerolo, une camionnette blanche roulait dans un chemin de terre. En cahotant violemment, elle longea une rangée de peupliers, franchit à gué un ruisseau, déboucha sur une étroite voie goudronnée. De part et d'autre de celle-ci, des champs cernés de grillages et ponctués de panneaux blancs au ras des cultures brillaient sous la lune presque pleine. La route tourna à gauche, poursuivit en parallèle à une enceinte grillagée à laquelle était accrochée tous les cent mètres une pancarte portant, sous le nom d'une multinationale de l'agrochimie, l'interdiction d'aller au-delà. Au bout d'un kilomètre environ, la camionnette s'arrêta.

Le chauffeur se tourna vers son passager :

— Tu es sûr que le grillage a été désactivé ?

— Mais oui. La société de gardiennage est sous notre contrôle.

Les deux hommes descendirent chacun de leur côté, le passager emmenant avec lui un gros sac. Ils enjambèrent un maigre ruisseau pour se retrouver à quelques centimètres du grillage.

Le passager sortit du sac de longues pinces coupantes qu'il tendit au chauffeur.

— Pourquoi moi ? dit ce dernier.

Son interlocuteur ricana.

— Parce que moi, j'ai quelque chose à finir, dit-il en sortant une bouteille de whisky de son sac et pendant que l'autre coupait le grillage, il acheva de vider la bouteille.

6

Le bâtiment ressemblait à n'importe lequel de ces entrepôts démesurés aux murs aveugles qu'on aperçoit dans la périphérie d'à peu près toutes les villes du monde riche. 150 × 50 × 30 m de béton posé sur une étendue de cultures divisées en parcelles dont les numéros étaient signalés par des panneaux, il était de ces œuvres du génie humain qui donnaient à Simona l'envie de retourner nourrir ses chats errants sous le ponte Subblicio, au cœur d'une ville qui était encore une ville (Rome). Sur le vaste parking devant la façade d'entrée du bâtiment, les véhicules de police se distinguaient de ceux des employés par le fait qu'ils étaient garés n'importe comment. Au pied de hautes portes coulissantes, les tuniques blanches de la Scientifique faisaient leur boulot. Un peu plus loin vers la droite, des démineurs s'affairaient, les uns ôtant leurs tenues renforcées de céramique, leurs casques en matériaux composites et leurs visières en polycarbonate, tandis que d'autres, déjà débarrassés, hissaient un robot dans leur fourgon. Sur le côté opposé, bras croisés, Evangelisti et Calabonda observaient en silence. Quand ils la virent arriver, le premier sourit et le second hocha la tête.

— Alors, vous pensez toujours que la piste éco-terroriste est à exclure ? lui lança le procureur quand elle ne fut plus qu'à quelques pas.

D'une main, il indiquait sur la paroi, à côté des portes, une inscription à la bombe à peinture, en lettres d'un mètre de haut : « Sacropiano tueur, Vive la révolution des abeilles. »

— On a désamorcé un *IED*, précisa Calabonda.

— Un quoi ?

— Un *Improvised Explosive Device*, un engin explosif improvisé, dit l'adjudant sur le ton de l'évidence. Comme en Irak. Une bouteille de gaz couplée à deux bidons d'essence avec pour dispositif de mise à feu un détonateur volé à l'armée…

— Volé à, ou donné par, marmonna Simona.

— Pardon ? dit Evangelisti.

— Non, rien. Pourquoi est-ce que ça n'a pas explosé ?

— Les artificiers disent que le détonateur était défectueux.

— Et il n'y a pas d'alarmes, pas de télésurveillance, pas de patrouilles de vigiles autour de cet entrepôt ?

Calabonda haussa les épaules.

— Il y a un poste de garde à l'entrée, comme vous avez pu voir, avec une surveillance vidéo. Sauf qu'à la suite de l'introduction d'un virus dans le système informatique, cette nuit à 4 h 45, les images vidéo se sont mises à repasser en boucle ce qui avait été déjà filmé, au lieu de continuer à filmer en temps réel. On a repéré le lieu où les terroristes sont entrés. Vers 5 heures, ils ont découpé le grillage de l'enceinte et ils ont agi pendant la période d'aveuglement des caméras. Pour arriver à s'introduire de l'extérieur dans l'ordinateur du poste de surveillance, il faut de sacrées compétences. Mais on va vérifier ça, s'il y a eu des négligences ou des complicités, on finira bien par le savoir…

Simona soupira.

— Espérons. Qu'est-ce qu'on fabrique dans ce bâtiment ?

— Ça, vous allez pouvoir le demander au maître des lieux, rétorqua Evangelisti en montrant une voiture haut de gamme aux vitres fumées en train de se garer sur un emplacement réservé.

Un homme en descendit, en uniforme de manager — costume-cravate, montre coûteuse repérable de loin, lunettes finement cerclées, démarche pleine d'assurance.

En quelques enjambées, il rejoignit le groupe.

— Alors, lança-t-il à Evangelisti, sans prendre le temps de saluer personne. Vous avez des indices ?

— Je vous présente Francesco Signorelli, le directeur exécutif du Centre de recherche Sacropiano de Pinerolo, dit le procureur à l'adresse de Simona.

Signorelli imprima sur son visage un grand sourire dépourvu de chaleur et tendit la main.

— Ah, mais vous êtes la célèbre commissaire Tavianello ? Venue prêter main-forte à notre émérite adjudant ?

D'un doigt nerveux, Calabonda remonta ses lunettes sur son nez et se racla la gorge.

— À titre officieux, hasarda-t-il.

— Tout à fait officieux, dit la commissaire. Le fait de m'être fait voler l'arme qui a servi à tuer votre ingénieur ne me qualifie pas particulièrement...

Le directeur émit un rire bref.

— J'ai lu ce genre d'appréciation dans l'interview de Ciuffani qui est parue dans le journal de mon frère, ce matin...

— Votre frère ?

— Oui, mon cher frère aîné, Alberto Signorelli, dirige le *Quotidiano delle Valli*. Et ne croyez pas que cela avantage mon entreprise, il donne à mon goût beaucoup trop d'espace d'expression aux opposants au progrès en général et à notre laboratoire en particulier… Mais si vous permettez, je souhaiterais savoir où en est l'enquête ? conclut-il en se tournant vers Calabonda et Evangelisti.

— Au stade préliminaire, répondit le magistrat que les manières du manager agaçaient visiblement. Mais la commissaire Tavianello était justement en train de me demander ce qu'on fabriquait dans vos laboratoires.

Francesco Signorelli caressa sa cravate, jeta un coup d'œil à sa montre et croisa les bras.

— Oh, fabriquer est un bien grand mot. Nous menons des recherches sur les applications agro-industrielles des nanotechnologies. Vous avez une idée de ce que c'est ? s'enquit-il avec un demi-sourire.

— Mais oui, dit Simona à qui il s'était adressé, il m'arrive de lire autre chose que des procès-verbaux. Ce qu'on appelle les nanotechnologies, ce sont des techniques de manipulations au niveau de l'atome ou de la molécule qui permettent ou pourraient permettre, je ne sais pas trop, de fabriquer atome par atome des outils infinitésimaux, des microorganismes artificiels, des nanorobots. On a parlé de nanorobots capables de se répliquer, ce qui a fait craindre des scénarios catastrophes. Michael Crichton a écrit un roman là-dessus…

Le manager joignit ses mains comme pour appeler sur lui l'esprit du progrès et de la science.

— Chaque nouvelle avancée du savoir suscite des peurs irrationnelles, énonça-t-il. C'est dans la nature humaine, vous ne pensez pas ?

Simona s'abstint de répondre ni même d'exprimer quoi que ce soit. Dans une salle de spectacle quand un chanteur voulait faire reprendre un refrain en chœur, dans une réunion de travail quand un supérieur posait une question à la cantonade, dans une assemblée politique ou syndicale quand l'orateur lançait un slogan qu'on était censé répéter, elle réagissait toujours de la même manière : elle rentrait la tête dans les épaules et attendait que ça passe. Cette attitude remontait à ses jeunes années, quand elle avait dû subir la pédagogie d'une maîtresse d'école qui ne finissait jamais ses phrases, dans l'attente que les élèves les complètent, alors qu'elle, petite fille qui cherche ses mots, elle pensait « celle-là, de phrase, c'est la tienne alors, tu te débrouilles avec ».

— Vous ne pensez pas ? répéta Signorelli et comme personne ne disait ce qu'il pensait, il poursuivit : Nous sommes en train de mettre au point une nouvelle génération de pesticides qui aura une capacité de pénétration au niveau du nanomètre — du millionième de millimètre —, précisa-t-il d'un air bienveillant à l'adresse de

Calabonda dont un plissement frontal exprimait la perplexité. Comme ces produits auront une capacité de pénétration incomparablement plus puissante que celle des produits actuels, on pourra en utiliser infiniment moins. Vous comprenez ce que ça veut dire ?

Et comme personne ne manifestait qu'il comprenait, il précisa :

— Ça veut dire que ce sera beaucoup plus écologique. Vous comprenez ? insista-t-il avec un demi-sourire à l'intention de Calabonda.

Simona considéra l'adjudant qui se tenait bras croisés, perplexe, muet, tout son corps comme crispé pour encaisser le mépris dont visiblement on l'accablait dans la région et que ce VIP de Signorelli lui manifestait poliment. Elle eut un début d'élan de compassion, mais le carabinier ôta lentement ses lunettes, se lissa les moustaches et demanda :

— Mais est-ce que ces nanoparticules ne risquent pas de franchir la barrière hémato-encéphalique ?

La bouche du *dottore* Francesco Signorelli béa et il balbutia :

— La ba… ba…

— Oui, la barrière entre la circulation sanguine et le système nerveux central, présente dans le cerveau de tous les vertébrés terrestres. Elle le protège des toxines et des hormones circulant dans le sang. Si vos nanoparticules de pesticides arrivent à passer directement dans le cerveau, est-ce que ça ne causera pas des dégâts massifs aux hommes et aux animaux ?

Comme le manager le dévisageait sans répondre, Calabonda ajouta :

— Vous avez l'air étonné par ma question. Mais c'est mon devoir de fonctionnaire de lire la littérature des militants écologistes qui vous contestent… Pour mieux vous protéger, comprenez-vous.

Comme le silence du *dottore* Signorelli se prolongeait, l'adjudant ajouta :

— Même les carabiniers savent cliquer sur Wikipédia.

Calabonda remit ses lunettes et le manager eut un petit rire appréciatif.

— Mes compliments, adjudant. Non, évidemment, il n'est pas question pour nous de créer un produit dangereux pour la santé humaine et animale. Juste de lutter beaucoup plus efficacement contre les parasites qui menacent nos cultures.

Le carabinier montra du pouce le gigantesque bâtiment dans son dos.

— On peut jeter un coup d'œil à l'intérieur ? demanda-t-il.

Signorelli secoua la tête.

— Ah, fit-il. Non. C'est tout à fait impossible. Nos recherches sont très confidentielles, nos découvertes sont systématiquement protégées par des brevets. Comprenez-moi, il y a une concurrence féroce dans notre secteur, avec d'innombrables tentatives d'espionnage industriel et la consigne du directoire mondial de mon entreprise est très stricte. Sauf réquisitions spéciales des autorités judiciaires, l'accès aux locaux de la compagnie est strictement réservé.

Il y eut un blanc. Calabonda ne disait rien. Evangelisti non plus. Simona prit le procureur par le bras :

— Je peux vous dire un mot ?

Ils s'écartèrent de quelques pas :

— Pourquoi ne prenez-vous pas des réquisitions pour perquisitionner les locaux de l'entreprise ? demanda-t-elle.

Evangelisti passa sa grande main sur son petit crâne.

— Les perquisitionner, pour quoi faire ? Jusqu'à preuve du contraire, c'est l'entreprise qui est victime, non ?

— Oui, mais des employés pourraient être impliqués dans l'attentat, pour une raison ou pour une autre. Cette panne informatique qui a désactivé les caméras, ça ne vous suggère pas la possibilité de complicités intérieures ? Il faudrait avoir accès à la liste du personnel, jeter un coup d'œil aux vestiaires, voir si dans les labos mêmes on n'a pas pu fabriquer l'engin explosif…

Evangelisti secoua la tête.

— Ce Centre bénéficie d'un statut très spécial. Pour toute démarche qui le concerne je dois téléphoner à Turin et demander l'accord de mes supérieurs, qui en réfèrent à Rome. Les recherches qu'on mène ici ont une importance nationale, voyez-vous. Et si je puis ajouter une remarque incidente entre nous, les frères Signorelli qui sont du parti du Premier ministre ont des appuis politiques et institutionnels très puissants. Alors, pour l'instant, si j'essaie d'avoir l'autorisation de perquisitionner les lieux, je suis sûr qu'on me la refusera. Je n'ai pas assez d'éléments pour appuyer cette demande.

Simona et le procureur revinrent vers le manager et, levant son long bras en direction de l'inscription sur le mur, le magistrat lui demanda :

— Dans votre activité actuelle, il y a quelque chose qui expliquerait ce slogan ?

Signorelli secoua la tête :

— Comment savoir ce qui se passe dans l'esprit des gens ? Les types du Comité de défense des Apiculteurs des Vallées Alpines disent que le Syndrome d'effondrement des colonies d'abeilles est provoqué par nos pesticides, mais rien n'a jamais été prouvé. Nous pensons qu'il s'agit plutôt d'attaques de parasites comme le *Varroa destructor* ou de virus comme l'IAPV ou le virus de la maladie noire. Nous sommes tout prêts à mener des recherches en commun avec les apiculteurs, mais ils préfèrent se cantonner dans une attitude d'agressivité pure, en sabotant les débats et les conférences que nous organisons...

— Vous croyez que cette tentative d'attentat pourrait être le fait du Comité ? intervint Calabonda.

Le manager eut une moue dubitative.

— Peut-être pas du Comité en tant que tel, mais tout mouvement a ses extrémistes. Je n'accuse personne formellement... Quand même, ce Minoncelli est un sacré excité...

— Nous ferons toutes les vérifications nécessaires, dit l'adjudant.

— Je n'en doute pas, assura le manager qui eut un geste vers les hautes portes de l'entrepôt : Si vous n'avez plus besoin de moi, je dois maintenant entamer une journée de travail qui s'annonce longue. Étant entendu que je reste à votre disposition, n'est-ce pas.

Il tendit la main au carabinier :

— Je suis sûr que vous allez vite nous trouver les coupables, adjudant. Et bravo pour l'érudition scientifique, vous m'avez impressionné, conclut-il avec un petit ton de supériorité qui donna à Simona l'envie de le gifler.

La moustache noire du carabinier frémit tandis qu'il serrait la main tendue, et il marmonna :

— Vous pouvez compter sur nous. Nous envisagerons toutes les hypothèses.

— Hormis celle de l'escroquerie à l'assurance, bien sûr, lança Simona sur le ton de la plaisanterie en lui tendant la main à son tour.

Signorelli émit un petit rire forcé. Du coin de l'œil, la commissaire aperçut sur le visage de Calabonda une expression qu'elle n'y avait encore jamais vue : celle de l'amusement. Après avoir pratiqué aussi le shake-hand avec Evangelisti, le dirigeant marcha d'un pas résolu vers l'entrée.

Calabonda ôta ses lunettes noires pour la deuxième fois. « Et dire, pensa Simona, qu'un observateur extérieur pourrait avoir l'impression qu'en ce moment, il ne se passe rien ! »

— Commissaire, attaqua l'adjudant après un raclement de gorge. Je ne vous ai pas encore remerciée pour votre intervention hier, lors de l'interpellation de Berisha. Sans vous, je me serais retrouvé dans une situation très difficile.

— Oh, n'en parlons plus, dit Simona.

— Mais si, on en reparlera. J'ai l'intention d'écrire aux journaux pour protester contre la version que Ciuffani est en train de répandre.

— Je vous en prie, surtout, laissez tomber. Les polémiques médiatiques, j'y suis habituée, elles s'éteignent toutes seules, il ne faut surtout pas les alimenter. Dites-moi plutôt, comment va Berisha ?

136

— Il est toujours à l'hôpital, évidemment, les médecins disent que le pronostic vital n'est pas engagé, même s'il a perdu beaucoup de sang. D'après le Dr Pasquano, le calibre de la balle qui lui a explosé le genou est le même que celui du projectile qui a tué Andrea Gandolfo, l'apiculteur venu ravager le rucher de Minoncelli. À propos, vous avez eu connaissance de mon rapport ?

Simona jeta un coup d'œil à Evangelisti, elle ne savait pas si le magistrat avait averti le carabinier qu'il la tiendrait au courant du déroulement de l'affaire, mais elle décida de jouer franc-jeu :

— Oui, le procureur Evangelisti m'en a fait parvenir un double ce matin à l'hôtel. Je n'ai eu que le temps d'y jeter un coup d'œil avant qu'il m'appelle pour m'annoncer ce qui s'était passé ici. Mais d'après ce que j'ai eu le temps de lire, il semble que Gandolfo était un ennemi de Minoncelli, qu'il lui en voulait à mort d'utiliser des abeilles étrangères, venues de Slovénie ou de Bornéo, ou de je ne sais où. Il disait que ça abâtardit la race pure italienne.

— Oui, ça explique sans doute la raison pour laquelle il a profité de la présence forcée de Minoncelli dans nos locaux pour venir détruire son rucher. Mais pour ce qui est de sa mort, à Gandolfo, nous sommes dans le noir complet, comme pour savoir qui a tiré sur Berisha. Cette

histoire d'arme de guerre est très troublante…
En plus, liée à la revendication « Révolution des
Abeilles », ça donne effectivement envie d'explo-
rer la piste éco-terroriste…

— Et sur la mort de Bertolazzi ? Je n'ai pas eu
le temps de lire votre rapport.

— Nous avons de gros soupçons sur Berisha.
J'ai plusieurs témoins qui l'ont vu près de chez
Minoncelli à l'heure du meurtre. À l'hôpital, il
est sous bonne garde en attendant qu'on puisse
l'interroger. J'attends le résultat de la comparaison entre ses empreintes digitales et celles qu'on
a relevées sur l'arme… en dehors des vôtres, bien
sûr.

— Vous avez déjà ses empreintes ? Ah, oui,
c'est vrai, c'est un étranger extracommunautaire.
Il est passé par un Centre d'identification et
d'expulsion ?

Le carabinier haussa les épaules.

— Un CDA, un centre pour les demandeurs
d'asile.

Simona haussa les épaules à son tour.

— Au même endroit et gardé aussi par
l'armée, ou je me trompe ?

Evangelisti intervint :

— En effet, en tout cas, même s'il a légalisé sa
présence en Italie, on a ses empreintes. Tenez-
nous au courant, Calabonda, nous allons vous
laisser travailler.

Après avoir salué l'adjudant, la commissaire et le procureur marchèrent côte à côte vers leurs voitures garées à l'autre extrémité du parking.

Au bout de quelques pas, Simona s'enquit :

— C'était quoi les bavures commises par Calabonda, qui ont poussé les gens à inventer le mot « cacabonder » ?

— Il vous surprend, notre brigadier, hein ? Vous vous dites qu'il est peut-être moins bête qu'il n'en a l'air. Et vous n'avez pas tort. Disons qu'il a une conception extrêmement rigide de ses devoirs et qu'il n'a pas su s'adapter aux habitudes des vallées. Il a par exemple décidé de faire des contrôles d'alcoolémie des conducteurs de véhicules juste à la sortie de la fête du plaisentif, je ne sais pas si vous connaissez ce fromage, mais il donne soif... C'est une attitude qui a été vécue par la majorité de la population comme un attentat contre les coutumes locales.

— Je vois.

— Il a fait pire. On a eu une grève dans une laiterie, la situation était très tendue, les ouvriers menaçaient de faire comme en France et de séquestrer leur dirigeant, Calabonda a fait installer un cordon de ses hommes à l'entrée mais il s'est mépris sur l'identité d'un individu qui essayait de forcer le barrage, il l'a pris pour un subversif et lui a flanqué direct un coup de matraque. C'était le maire venu tenter de raisonner les ouvriers. Heureusement que l'élu n'a pas voulu porter plainte, mais enfin, l'histoire a fait le tour des vallées...

— Une personnalité complexe, votre adjudant.

Le magistrat s'arrêta pour scruter la commissaire qui lui trouva, dans ce visage mangé de barbe, sous cette houppe de cheveux mal peignés, les yeux exaltés.

— Chacun d'entre nous a une personnalité complexe, il me semble, observa-t-il. Nous avons tous nos zones obscures. Vous par exemple...

— Oui ?

— Eh bien... ne vous méprenez pas... je suis enchanté que vous suiviez l'enquête de près. Mais je me demande un peu pourquoi vous tenez à rester ici, alors que vous pourriez tranquillement profiter de vos vacances à Salina.

Simona prit le temps de déclencher à distance l'ouverture des portières de sa voiture avant de répondre :

— D'abord, je n'aime pas, mais alors pas du tout, l'idée qu'on a volé mon arme pour tuer un homme. Et ensuite...

Elle se tut, troublée soudain par une pensée.

— Ensuite ?

— Ensuite, rien, dit-elle. C'est une raison suffisante, non ?

— Bien sûr.

Plus tard, tandis qu'elle roulait vers San Giorgio al Monte, lui revint à l'esprit ce qui l'avait empêchée de donner au magistrat la seconde raison qui la poussait à rester, cette impression, déjà confiée à Marco, que dans ces montagnes, il « se passait quelque chose d'important ». La pensée qui l'avait retenue, c'était celle-là : comment Evangelisti savait-il que Marco était à Salina et qu'il l'y attendait ? Est-ce que par hasard elle était surveillée ? Et dans ce cas, par qui ?

En entrant dans le café sans nom à la périphérie du bourg, où elle l'avait rencontré le matin précédent, Simona ne fut pas étonnée de voir, assis à la même place, Giuseppe Felice en train de taper sur un petit ordinateur portable. Il était si absorbé qu'il ne l'entendit pas arriver derrière lui et quand elle posa la main sur son épaule, il sursauta violemment. Puis il se retourna et, en la voyant, eut un geste étonnant : il plaça un bras replié devant son visage comme un enfant qui craint une gifle.

— Je suis désolé, dit-il en rabaissant vite le bras. Mais mon directeur réclamait une interview et comme vous n'avez pas voulu m'en accorder…

— Mais de quoi parlez-vous ?

Du menton, Felice montra le présentoir placé sur le comptoir du bar, où le gros titre s'étalait en une: *Bruno Ciuffani dénonce « Le rôle dou-teux de la Tavianello dans l'enquête sur les morts de San Giorgio al Monte » — Interview exclusive.*

Simona haussa les épaules.

— Pas grave, dit-elle. C'est votre boulot. Vous savez ce qu'on dit: il n'y a pas de sottes gens, il n'y a que de sots métiers. Alors, vous avez fait fonctionner votre software basé sur les technolo-gies *neural network*? s'enquit-elle en s'asseyant en face du journaliste.

Celui-ci secoua la tête et prit un air piteux:

— Ça m'a complètement planté mon ordina-teur et j'ai passé une heure à le faire redémarrer.

Simona commanda un café, attendit qu'on le lui serve en silence. Felice gigota sur sa chaise, mal à l'aise, fit mine de refermer son ordinateur. La commissaire le retint:

— Attendez. Vous avez les photos que vous avez prises de la scène du crime, sur ce portable, ou vous les avez effacées, avec votre software?

— Non, elles sont toujours là.

— Je peux les regarder?

— Maintenant?

— Mais oui, montrez-moi.

Elle déplaça son siège pour se mettre à côté du journaliste. Quand le patron apporta le café, il les découvrit tous deux collés épaule contre épaule, la dame dodue aux cheveux blancs et le gringalet roux, leurs têtes penchées l'une vers l'autre, regardant ensemble l'écran. Le bistrotier fit une moue qui exprimait à la fois la perplexité et une infinie tolérance envers les perversions de ses semblables, posa la tasse et s'en fut.

— Attendez, dit Simona à un moment, vous pouvez revenir à la photo précédente ? Oui, celle-là.

Elle resta un moment à fixer l'image puis leva les yeux sur le journaliste et, avisant la clé USB qui permettait de se connecter au réseau, elle lui demanda :

— Si je vous donne mon adresse mail, vous voudrez bien m'envoyer ces photos ? Je vous promets que s'il y a des développements intéressants à en tirer, vous en serez évidemment le premier informé.

— Vous pensez vraiment qu'il peut y en avoir, des développements intéressants ?

— Oui, répondit-elle, distraite par l'arrivée d'un grand type musculeux aux cheveux blonds bouclés, aux yeux bleus, à la peau tannée. Dites-moi, ce ne serait pas Minoncelli, par hasard ? demanda-t-elle en montrant du regard le nouveau venu qui venait de s'accouder au bar et commandait un café-grappa.

Felice leva les yeux.

— Oui, c'est lui.

Simona griffonna son adresse mail sur le ticket de caisse.

— Vous m'envoyez ces photos ? demanda-t-elle en se levant. Mettez-moi votre numéro de portable. Je reprends contact avec vous très vite.

Le journaliste acquiesça et elle s'approcha du comptoir. Minoncelli sourit en la voyant.

— Tiens, dit-il, notre modeste trattoria est fréquentée par des VIP, maintenant.

La commissaire lui tendit la main.

— La personnalité, ici, c'est vous, il me semble, dit-elle.

La poignée de l'homme était franche comme son regard bleu glacier (et ne critique pas cette phrase de roman sentimental, cher lecteur, car elle convient parfaitement à la douceur ingénue qui serra soudain la gorge de Simona).

— Vous auriez un moment pour me donner quelques informations ? Dans un cadre purement informel, je le précise. Vous avez parfaitement le droit de refuser et je comprendrais…

Le sourire s'élargit, découvrant des dents parfaites.

— Vous êtes toujours aussi aimable avec les gens sur qui vous enquêtez ? demanda l'apiculteur. Dans les interrogatoires, c'est vous qui faites la gentille pendant qu'un collègue fait le méchant ?

— Je n'enquête pas sur vous.

— Vous faites quoi, alors… à part laisser traîner un revolver avec lequel on est venu tuer chez moi ce pauvre Bertolazzi ?

Simona passa cinq doigts au profond de sa blanche crinière.

— J'essaie de comprendre, dit-elle. Comprendre les derniers événements dans cette vallée. Parce que j'ai l'impression que ça ne concerne pas seulement ses habitants. Ce n'est qu'une intuition mais il me semble que ce qui se passe ici devrait intéresser tous les citoyens de ce pays... et peut-être de la planète.

— Carrément, dit l'apiculteur dont le regard ne cessait de la scruter.

Il laissa passer quelques secondes avant d'ajouter :

— Eh bien, vous n'avez pas tort.

Il vida sa tasse, posa une pièce de monnaie sur le comptoir, regarda sa montre.

— J'ai quelques achats à faire en ville, mais si vous voulez, rendez-vous ici dans deux heures. Je dois aller travailler dans mon deuxième rucher. C'est à quelques kilomètres. Si vous avez le temps, venez avec moi, nous discuterons.

Bien campé sur ses jambes, l'adjudant Calabonda repoussa ses lunettes noires sur son nez jusqu'à ce que l'arcade sourcilière disparaisse, donnant à son visage une certaine ressemblance avec une tête d'insecte. Puis il croisa les bras. En face de lui, le gros gaillard à queue-de-cheval qui dirigeait l'équipe de sécurité du Centre bougea les pieds, essuya la sueur qui lui perlait au front, se racla la gorge.

— Alors, dit le carabinier en montrant la série d'écrans derrière eux, vous me dites que ces écrans sont seulement reliés à un ordinateur qui se trouve ici...

Sans tourner la tête, sans décroiser les bras, de l'index droit pointé par-dessus son coude gauche, il montra l'appareil posé sur le bureau à sa droite. Le gros gaillard rentra un peu la tête, ce qui fit saillir les plis à la base de sa nuque.

— ... et que cet ordinateur-là n'est pas relié avec l'extérieur ? acheva le carabinier.

Le chef de la sécurité hocha la tête, sa queue-de-cheval dodelinant sur le col de la chemise d'uniforme bleue.

— C'est ça, acquiesça-t-il d'une voix mal assurée.

— Alors, comment expliquez-vous que votre dispositif de surveillance se soit planté, justement au moment où des individus se sont introduits dans l'enceinte du centre ?

L'homme soupira lourdement.

— Il y a eu sabotage, c'est évident. Mais...

Il se tut.

Calabonda lissa sa moustache.

— Mais quoi ?

146

— Mais je serais vous…

— Vous n'êtes pas moi, dit sèchement le carabinier. Dites-moi ce que vous avez à dire…

— Eh bien, je ne suis pas sûr qu'il faille sauter tout de suite à la conclusion qu'il y a eu des complicités internes. J'ai enquêté auprès de mes hommes. L'un d'eux m'a avoué qu'il avait introduit un jeu vidéo sur l'appareil, avec une clé USB. Pour passer les longues heures des tours de garde…

— Quoi ?

Le chef des gardes leva la main.

— C'est une faute grave et je lui ai annoncé qu'il serait mis à pied en attendant une sanction définitive, après notre enquête interne. En tout cas, il est possible que ce jeu ait planté tout le système sans que ce soit délibéré…

— Sans que ce soit délibéré ? Vous voulez dire que l'incursion des terroristes et le plantage du système, ce serait une coïncidence ?

— Vous savez, le système est resté planté quatre heures, les terroristes n'ont pas dû être sur place plus d'une heure…

Calabonda secoua la tête.

— Je ne suis pas convaincu… mais alors, pas convaincu du tout. Vous allez venir avec moi à la caserne, avec votre homme, là, celui qui a introduit le jeu dans l'ordinateur. On prendra le temps de revoir tout ça.

À la ceinture de l'adjudant, le walkie-talkie grésilla. Il porta l'appareil à son oreille, écouta quelques secondes, marmonna : « Amenez-vous » puis il revint au vigile :

— Vous ne laissez ici qu'un seul de vos hommes avec pour mission de montrer à trois des miens comment on assure la surveillance des lieux. Allez m'attendre près de nos véhicules avec le génie qui a amené son jeu, et dites-lui d'apporter la clé USB, s'il ne l'a pas fait disparaître.

En entrant, le brigadier Lagazo croisa sur le seuil le chef des vigiles qui sortait, tête baissée, l'air penaud.

— C'est pas une lumière, celui-là, marmonna l'adjudant. Alors ? Qu'est-ce que vous avez à me dire, de si urgent ?

Le brigadier tendit un sachet en plastique à bout de bras :

— Une pièce à conviction bien intéressante.

En s'approchant, il ouvrit le haut du sac et Calabonda aperçut le contenu.

— Une bouteille de whisky ? Qu'est-ce qu'elle a de si intéressant ?

— On l'a trouvée dans un buisson pas loin de l'endroit où le grillage a été découpé, annonça le brigadier. Et ce n'est pas n'importe quelle bouteille de whisky.

En voyant son air triomphant, Calabonda qui,

depuis le début de son intervention au Centre, avait comme l'impression qu'on se foutait de lui, se prit à espérer.

Marco Tavianello cueillit au bout de la longue cuillère le dernier grain de granité aux amandes, ramassa d'un doigt la dernière miette de brioche et s'essuya les mains dans une serviette en papier en levant les yeux sur le défilé de mâles en bermudas avec tatouages et boucles d'oreilles et de femelles couvertes de tissus transparents quoique vivement colorés, et une fois encore il se demanda si vraiment, l'espèce humaine était aussi unifiée qu'on le prétendait. À la terrasse de ce café de Lingua, sur l'île de Salina, la vue sur le bras de mer qui la séparait de Lipari était bouchée par les allées et venues d'une espèce d'anthropoïdes qui ne lui paraissaient pas venir de la même branche évolutive que la sienne. Ce n'était pas seulement la présence massive de Milanais qui donnait ce sentiment au Napolitain, bien que leur manie de construire des villas avec jacuzzi en plein maquis lui parût relever de comportements extraterrestres. Mais ce dont parlaient tous ces gens, la manière dont ils en parlaient, leurs rires, leurs gestuelles, tout lui était si étranger qu'il éprouva soudain le besoin d'appeler d'urgence Simona.

Il soupira, sortit son portable de la poche de

son pantalon long de lin, hésita quelques instants en regardant le numéro puis se décida.

— «... *n'est pas joignable actuellement...* »

Et merde. Il coupa. Mais enfin, qu'est-ce qu'elle foutait là-bas, Simona ?

Monter à travers les ruelles d'un bourg de montagne, entre taches de soleil aveuglantes et ombres douces, odeurs de basilic, de sapin, de pisse de chat, d'humidité moisie et de roses joufflues. Percevoir sous une cariatide quelque chose d'un blanc si aveuglant qu'on ne sait où c'est, si c'est un bout de drap ici ou bien une plaque de neige là-bas, sur les pics qui ferment l'horizon, flairer la froideur de l'eau avant de la sentir sur la peau et de plonger à pleines mains dans le glacé d'une fontaine.

Se retrouver sans s'être cherché, après avoir haleté, dans un bout d'ombre, entre pierre froide et brûlure solaire, là où personne ne sait qu'on est.

« *Injoignable* », quel vilain mot pour un moment si beau.

Simona avait éteint son portable et elle se sentait d'une bonne humeur inexplicable. Au fond d'une placette des hauts quartiers de San Giorgio al Monte, assise sur les marches verdâtres d'une fontaine éclaboussée de soleil, elle goûta un long moment de paix avant de se décider à aller heurter le métal peint en vert d'une porte, dans une muraille reliant deux bâtiments de pierre.

— Entrez, dit une voix. Ce n'est pas fermé à clé.

Elle tourna la poignée, poussa. Le contraste entre la nudité minérale de la place et la profusion végétale qui lui sauta au visage lui rappela ce passage du désert à l'oasis qui les avait tant ravis, Marco et elle, lors d'un voyage dans le Sud tunisien.

À sa gauche, d'un énorme buisson de campanules, jaillissaient des tiges de plus d'un mètre, aux grappes blanches et violettes, tandis qu'à sa droite un mélange de bugle rampant, de trèfle rose, de digitales et d'achillées mille-feuilles mettait sur plusieurs étages du vert argenté, du rouge vineux, du blanc, du rose, du violet, du bleu céleste ou turquoise en corolles rondes, tubes, trompettes ou feuilles rampantes. Bordé de buissons de jasmins dont le double moutonnement odorant la dépassait d'une tête, un sentier conduisait à une tonnelle de rosiers sous laquelle le professeur Marini, le visage tourné sur le côté droit, lui faisait signe d'approcher de la main gauche. L'air vibrait de bourdonnements innombrables. Simona s'avança.

Le professeur gardait les yeux fixés sur sa main droite et en parvenant à sa hauteur, dans l'odeur des roses jaunes et mauves qui se pressaient joue contre joue, Simona remarqua l'abeille posée sur sa main tavelée.

— Une osmie cornue, dit-il, mais vous voyez cette touffe blanche sur la tête ? C'est un mâle. Chez eux, il n'y a que les femelles qui portent les cornes.

L'abeille s'envola, revint sur la main et le professeur leva les yeux sur la commissaire.

— Ce n'est pas la seule caractéristique par laquelle cette espèce se distingue de la nôtre, dit-il en souriant. Contrairement aux *Apis mellifera* et aux autres espèces domestiques que nous exploitons, les abeilles sauvages sont solitaires, elles ne vivent pas en société. D'où on pourrait aisément conclure que la domestication et l'exploitation sont étroitement liées à l'existence même d'une société... Vous prendrez bien un thé ? Ou un café ? Un verre d'eau ?

Simona secoua la tête.

— Merci, je n'ai besoin de rien, je viens de me désaltérer à la magnifique fontaine sur votre place.

— Alors, vous avez ingéré une quantité déraisonnable de nitrate. À mes bestioles, j'offre des bassines d'eau filtrée, dit-il avec un geste vers un miroitement liquide au pied d'un hortensia aux ombelles grosses comme des têtes de bébés. Mais asseyez-vous...

Ils s'installèrent sur des chaises pliantes dont

la peinture s'écaillait. Marini posa la main droite sur une table ronde métallique au plateau à trous. Simona s'aperçut que ce qu'elle avait pris pour des tavelures était en fait des gouttes de miel.

— Regardez ça, dit le scientifique, en montrant du menton un insecte venu rejoindre le premier sur sa main, ces magnifiques reflets métallisés, le ventre noir… c'est une osmie bleuissante, normalement, on devrait plutôt la voir sur ma glycine, là-bas, contre le mur, parce qu'elles préfèrent les légumineuses…

Surgi de nulle part, un autre insecte vint se poser sur la main et se mit au boulot sur une des taches dorées.

— Ah, ça c'est une belle surprise ! s'exclama Marini d'une voix excitée, il ne devrait plus y en avoir, c'est une chélostome des renoncules, et mes renoncules sont toutes fanées depuis longtemps, et pourtant c'est bien elle, son ventre jaune ne peut pas nous tromper.

Une nouvelle bestiole rejoignit les deux autres sur la main et se mit en devoir d'aspirer du miel.

— Je vous présente l'osmie crochue, qui normalement ne se nourrit que sur les vipérines, dont j'ai un massif derrière les hortensias, eh bien, comme vous voyez, elle apprécie aussi mon nectar maison. Nous avons aussi maintenant deux mégachiles de Willughbiella qui ressemblent beaucoup à la mellifera sauf qu'elles ont des rayures noires sur l'abdomen, et voici l'*Eucera longicornis*… Depuis deux ans, j'ai recensé 60 espèces d'abeilles sauvages dans mon jardin. J'ai commencé à les nourrir avec un nectar de ma fabrication, entièrement biologique et dépourvu de tout pesticide, bien entendu…

Il leva la main sur laquelle à présent une douzaine d'insectes butinaient.

— Avec ça, j'arrive à étendre la durée de vie d'un bon nombre d'entre elles… Normalement, leur source de nourriture naturelle, très spécialisée — ça peut être telle plante ou telle espèce de plante —, ne dure que quelques semaines.

— C'est ça votre remède à la disparition des abeilles ? Vous êtes en train de domestiquer de nouvelles espèces ? demanda Simona.

— Dieu m'en garde ! Je crois que la domestication est sans doute ce qui est arrivé de pire à la mellifera et à ses semblables. Nous les avons mises au boulot, et maintenant elles en crèvent… Disons que je recherche un nouveau type d'association entre elles et nous. Cela s'inscrit dans un projet qui vous paraîtra certainement mégalomane, mais qui est le dernier espoir pour la survie de l'humanité. Une nouvelle forme d'alliance du vivant où l'homme ne serait plus le centre de tout, mais une composante parmi d'autres… Espoir dérisoire, n'est-ce pas ?

154

Il a un sourire moqueur.

Simona inspire, expire, regarde les abeilles se gorger de nectar sur la main de l'homme.

Il y a un moment de silence. Dans ce jardin vaste comme la nuit et comme la clarté, les parfums, les couleurs et les sons se répondent.

Puis, une à une, les abeilles s'en furent de la main et Simona redevint flic :

— Vous n'avez pas répondu à ma question, l'autre jour : pourquoi les abeilles ont-elles disparu du rucher de Minoncelli ? Elles ont été traumatisées par l'attaque à la hache de leurs ruches ? Mais dans ce cas, comment se fait-il qu'elles se soient *toutes* enfuies ? C'est quand même étrange qu'il n'en soit pas resté quelques essaims, ou même juste quelques-unes... On dirait qu'elles ont migré d'un coup...

Les yeux verts de Marini la dévisagèrent.

— Je ne me suis pas trompé, dit-il avec entrain, vous avez déjà tout compris... sauf que vous ne le savez pas encore, ajouta-t-il tandis qu'une ombre de tristesse passait dans son regard.

Ensuite, il parla des dangers des pesticides qui affaiblissaient les défenses immunitaires des abeilles autant que des humains, du traumatisme qu'impliquait leur transport, des ignobles conditions de transhumance de centaines de milliers de ruches pratiquées aux États-Unis au profit de la culture industrielle des amandiers, laquelle constituait pour la Californie une source de revenu supérieure à celle du vin. Il parla même de l'idée que les phéromones émis par les abeilles puissent avoir des effets sur la psychologie humaine, et que les troubles des unes puissent avoir des répercussions sur les autres, ce qui expliquerait, conclut-il, « qu'il y ait autant de dingues comme moi dans ces vallées... ».

Il parla de beaucoup de choses, mais quand elle le quitta, au moment de pousser la porte de métal, en jetant un dernier regard sur le crâne chauve penché sur une main où il avait reversé des gouttes de nectar, sur le long corps de mante religieuse plié sous la tonnelle, Simona resta sur l'impression qu'il avait surtout voulu parler d'*autre chose*. D'autre chose que de l'essentiel dont ils s'étaient un instant approchés.

En raison de l'arrivée d'un car de touristes bavarois, le hall de l'hôtel était très bruyant et Calabonda dut se pencher en avant par-dessus la table basse pour que Ciuffani l'entende sans qu'il soit besoin de crier :

— Je vous remercie d'avoir bien voulu répondre à quelques questions, monsieur. Nous avons besoin de toutes les bonnes volontés pour débrouiller ces affaires embrouillées...

— Je suis toujours du côté des forces de l'ordre, dit Ciuffani en se jetant un coup d'œil dans le grand miroir sur le mur le plus proche du coin canapé où ils étaient assis. Vous savez mon attachement à l'Arme…, insista-t-il en remontant sa mèche. Je suis prêt à répondre à toutes vos questions, allez-y.

— Alors, dit l'adjudant, vous pourrez sûrement m'expliquer ce que ceci faisait près du grillage du Centre de recherche de Sacropiano, à Pinerolo, là où il a été découpé très vraisemblablement par les terroristes auteurs de l'attentat manqué. Vous êtes au courant de cette tentative, naturellement ?

— Naturellement… qu'est-ce que c'est ?

Ciuffani prit entre ses mains l'enveloppe scellée qui contenait une bouteille de whisky vide.

— Cette bouteille porte une minuscule puce sous l'étiquette, dit Calabonda. Vous voyez… là, dans le coin… Eh bien, un de mes hommes l'a tout de suite repérée. Parce que c'est lui qui avait conseillé à la direction de l'hôtel de les y mettre quand on s'était aperçu qu'il y avait un trafic de bouteilles volées dans les réserves de l'établissement au profit des commerçants du coin… C'est ainsi que nous avons pu établir, sans aucune contestation, que cette bouteille a été achetée hier soir au bar de cet établissement par un homme qui s'est ensuite rendu dans votre chambre et avec qui vous avez eu, aux dires des garçons d'étage, un assez long entretien. Qui est cet homme ?

Au fur et à mesure que le carabinier parlait, le journaliste avait changé d'expression. Il se jeta un nouveau coup d'œil dans le miroir. Il ne se connaissait pas cette expression paniquée.

— Écoutez, dit-il avec un petit rire forcé, c'est… je… je ne peux pas répondre à cette question. Il faut que je me réfère… je peux passer un coup de téléphone ? C'est très urgent, assura-t-il en se levant.

Calabonda haussa les épaules, se força visiblement à sourire.

— Allez-y. Vous êtes tout à fait libre de vos mouvements.

« Pour le moment », marmonna-t-il en regardant l'homme s'éloigner de quelques pas et sortir son portable d'une poche.

Environ une heure plus tard, tandis que la vieille jeep de l'apiculteur peinait sur des routes en lacets très raides au milieu des sapinières, Simona demanda à Minoncelli :

— Est-ce que vous avez déjà entendu parler de cette histoire, selon laquelle les phéromones des abeilles pourraient influencer les humains ?

À cet instant, le véhicule franchit une série de bosses, crevasses, ornières, la route fit un virage en épingle à cheveux, le volant trembla entre les mains de Minoncelli, la pente devint plus forte, il joua du levier de vitesse et de l'accélérateur et il lui fallut donc quelques longues minutes avant de répondre :

— Vous avez causé avec Marini, je vois ? L'influence des phéromones des abeilles sur les humains, c'est une hypothèse qui n'est pas sans fondement, je dirais… Songez que la reine, à elle seule, maintient la cohésion et le calme dans la ruche, juste avec ce qu'elle émet…

Le véhicule ralentit, s'arrêta. L'apiculteur tourna vers Simona ses yeux couleur de lac glaciaire.

— Écoutez, dit-il. Respirez. Sentez.

Derrière lui, à travers la vitre, elle distinguait, entre les fûts des mélèzes, la masse des rhododendrons, leurs fleurs comme des flammèches pourpres dans la forêt sombre, et en lisière, la tache blonde des ruches. Il ouvrit la portière, descendit sans cesser de la fixer.

— Écoutez, sentez, insista-t-il, double injonction qui, en italien, se dit en un seul mot, *senta*.

Elle perçut le bourdonnement. Doux, léger, persistant, sans fin. La vague senteur, et quelque chose d'autre. Sans doute ces fameux phéromones. L'ensemble faisait sur tout le corps comme une longue, une interminable, une énervante caresse.

Le soir, étendue dans sa chambre, la commissaire Simona Tavianello raconta à son époux Marco les gestes délicats de l'homme retirant les cadres, manipulant les rayons gorgés de miel doré, le mouvement du couteau désoperculateur, l'élégance de l'homme offrant sa peau nue aux milliers de dards sans qu'un seul jamais n'y pénètre, elle décrivit tout cela avec un tel luxe de détails que, tout à coup, s'en rendant compte, elle se tut.

Simona s'attendait à ce que son mari s'énerve, lui fasse quelque remarque acidifiée par la jalousie. Mais il n'en fut rien.

Il y eut un court silence puis Marco dit seulement :

— Écoute, Simona, finalement, je m'ennuie trop sans toi, ici. Je reprends l'hydroglisseur demain matin pour Naples. Je serai de retour à San Giorgio al Monte dans l'après-midi. Si tu veux bien de moi, bien sûr…, ajouta-t-il avec un petit rire nerveux.

— Tu rigoles ? Je suis très contente, mais je ne veux pas t'obliger…

— J'arrive. Bonne nuit, ma chérie.

Il raccrocha. Simona resta un long moment à contempler le combiné.

Elle éteignit la lampe de chevet, se pelotonna dans le lit. Repensa aux yeux de Minoncelli et se

160

demanda si elle en avait parlé à son mari, de ces yeux.

Quelques secondes plus tard, les micros disposés dans sa chambre par les techniciens de l'AISI enregistrèrent un gloussement sur la signification duquel, le lendemain, en haut lieu, on s'interrogea.

7

Simona rêvait d'hélicoptère. Brandissant le pouce, le pilote se tourna vers elle : c'était le Pr Marini, et, avec son air exalté, sa longue carcasse maigre repliée autour du manche de l'engin et ses cheveux en bataille, elle trouva qu'il ressemblait de manière frappante au procureur Evangelisti. Luttant contre le malaise qui la gagnait, elle leva les yeux vers les pales, qui avaient été remplacées par des essaims innombrables. L'appareil était transporté par des millions d'abeilles fuyant leur ruche…

La commissaire ouvrit les yeux. Il faisait grand jour, mais un coup d'œil au réveil électronique de la table de nuit lui apprit qu'il n'était que 5 h 50. Le vrombissement continuait.

Elle se leva, s'approcha de la fenêtre, écarta un rideau. La vue sur la vallée était superbe. Le ciel de l'aube était très pâle, presque blanc. Entre l'hôtel et les monts enneigés rosis par le soleil levant, plusieurs hélicoptères allaient et venaient.

Le téléphone sonna.

— L'opération Edelweiss a commencé, annonça la voix tendue d'Evangelisti. Nous sommes en train de frapper un grand coup contre l'éco-terrorisme. Si vous voulez être aux premières loges, rejoignez-nous dans un quart d'heure sur la grand-place.

Simona n'aimait pas, mais alors pas du tout, se précipiter au-dehors sans avoir pris dans le calme son petit déjeuner. Les matins d'opération, elle préférait se lever à 4 h 30 du matin plutôt que de rater le rituel café-biscuit qui accompagnait la mise en route progressive de ses synapses. Sa mauvaise humeur, en arrivant sur la place principale, fut aggravée par la vue des fourgons aux sigles de chaînes italiennes et internationales munis d'énormes antennes paraboliques. Il y en avait une bonne demi-douzaine, occupant les trottoirs et la moitié de la chaussée. Au fond de la place, juste derrière la statue de Garibaldi, elle reconnut les véhicules noirs des NOCS, l'unité d'intervention spéciale des carabiniers, et aperçut des silhouettes d'hommes masqués. Entre elle et eux, il y avait un premier groupe compact de journalistes, puis ça grouillait d'uniformes. En approchant, elle dut montrer sa carte une première fois à un barrage retenant la déferlante de perches, caméras, micros, appareils photo et des humains qui s'en servaient, puis elle dut l'exhiber une deuxième fois pour qu'on la laisse approcher du commandant Tosto, qu'elle connaissait bien.

— Ciao Giovanni !

En la voyant, le colosse releva sa cagoule et sourit largement.

— Commissaire ! s'exclama-t-il avec son inimitable accent palermitain. Content de vous voir.

— Ça a toujours été un plaisir de collaborer avec vous, maugréa Simona, mais ce coup-ci, je ne suis pas sûre de pouvoir dire que je suis contente de vous voir. C'est quoi ce cirque ? C'est qui ce type ?

Dans le dos de l'officier, à une dizaine de mètres, deux cagoulés athlétiques descendaient les marches d'un petit immeuble ancien, encadrant un homme de taille et de corpulence très inférieure à la leur, le visage dissimulé sous une veste.

Le commandant Tosto baissa les yeux.

— C'est le concierge. Il n'y a que lui qui dort ici. Nous l'emmenons pour interrogatoire.

— Mais qu'est-ce que c'est, cet immeuble ?

— Le siège du Comité de défense des Apiculteurs des Vallées Alpines. Nous sommes allés cueillir les membres chez eux et nous perquisitionnons partout…

— Vous avez trouvé quelque chose, pour l'instant ?

Tosto eut l'air encore plus gêné :

— Commissaire, je ne sais pas si je peux…

— D'accord, bon travail.

Simona se détourna, cherchant du regard Evangelisti. Elle l'aperçut, entouré d'un groupe serré et excité de journalistes. Lui aussi la vit. D'une main, il lui fit signe d'approcher. L'un de ceux qui tendaient un micro au magistrat pivota pour voir à qui s'adressait le geste. C'était Ciuffani.

Il commença à marcher vers elle.

La commissaire battit en retraite. En sortant de la place, elle courait presque et faillit heurter un carabinier qui se tenait sous un arbre, bras croisés, en lisière de l'agitation. Levant les yeux, elle s'exclama :

— Calabonda !

— Commissaire, bonjour, dit-il.

— Mais vous n'êtes pas…

— Non, je ne participe pas à cette opération. On m'a juste demandé de mettre mes hommes et mes locaux à la disposition des enquêteurs de la Digos[1] et des NOCS. Là, je suis juste spectateur.

En voyant l'expression déconfite du sous-officier, Simona faillit dire une parole d'encouragement mais elle songea qu'elle serait peut-être mal prise et se contenta d'un hochement de tête manifestant qu'elle enregistrait l'information, et

---

1. Police politique, équivalent de la DCRI en France.

esquissa un mouvement pour poursuivre son chemin.

— Commissaire…, dit Calabonda. J'ai quelque chose à vous raconter.

— Je vous écoute.

Le carabinier se racla la gorge.

— C'est-à-dire… que j'aimerais mieux vous voir ailleurs… vous connaissez l'oratoire de San Gregorio ?

— Oui, on l'a visité, avec Marco.

— Juste avant d'y arriver, à droite, il y a un chemin qui s'enfonce dans les sapins. Entrez-y, roulez sur cinquante mètres et attendez-moi.

Il regarda sa montre.

— Dans une demi-heure à partir de maintenant.

Simona dévisagea le visage moustachu. Les lunettes noires ne permettaient pas de voir le regard. Ou ce type était aussi gagné par la folie des vallées, peut-être attribuable aux phéromones déréglées des abeilles, ou il se passait des choses graves.

— D'accord, dit-elle.

Une demi-heure plus tard, Calabonda descendit de sa voiture et lui fit signe de sortir de la sienne.

Adossés à un mélèze, à quelques mètres de la route de terre, il raconta la découverte de la bouteille de whisky et comment elle l'avait conduit jusqu'à Ciuffani. Puis l'interrogatoire de ce dernier à l'hôtel, que le journaliste avait interrompu en passant un coup de fil.

Ensuite, Ciuffani était revenu, l'air triomphant.

— Et là, continua Calabonda, il m'a annoncé qu'il était désolé, mais qu'il devait mettre fin à cet entretien et que d'ailleurs, je n'allais pas tarder à recevoir un coup de fil à ce sujet. Sur ce, il m'a tourné le dos et il est parti…

Comme il marquait une pause, Simona demanda :

— Et qu'est-ce que vous avez fait ?

— Qu'est-ce que vous vouliez que je fasse ? Je l'ai regardé partir… Je n'allais pas… je ne voulais pas courir le risque…

« De cacabonder », compléta mentalement Simona.

— … d'interpeller un journaliste de la télévision de ma propre initiative, poursuivit l'adjudant. Mais j'ai pris mon portable pour appeler Evangelisti et lui raconter ce qui venait de se passer. Je pensais qu'il pouvait interroger directement Ciuffani. Sauf que mon téléphone a sonné avant que je compose le numéro…

— Laissez-moi deviner. C'était votre supérieur, un commandant ou un capitaine…

— C'était carrément le général commandant

la division de Turin ! Pratiquement, il ne m'a dit que deux mots…

— « Laissez tomber ». C'est ça ?

Calabonda retira ses lunettes noires pour mieux la dévisager.

— C'est ça. C'est exactement ça. Il m'a interdit d'en référer à Evangelisti. Comment avez-vous deviné ?

— Et vous, vous n'avez pas deviné ce qu'il y a derrière tout ça ?

— Les Services ?

— Bah oui. Je suis habituée. Chaque fois que nous traitons des affaires délicates qui touchent soit à la mafia, soit au terrorisme, nous les retrouvons dans nos pattes. Rappelez-vous ce jour où un de vos collègues a failli interpeller Provenzano, longtemps avant qu'on se décide à l'arrêter. À l'époque, il était utile pour maintenir la *pax mafiosa* négociée avec l'État par l'intermédiaire des Services, justement. Et votre collègue a reçu le même genre d'appel d'un de ses supérieurs.

Toute la morgue de l'adjudant semblait avoir fondu. Il avait l'air si perdu que Simona éprouva quelque chose qui n'était pas loin de la pitié.

— Vous ne devriez pas le prendre si mal, dit-elle. Sans le vouloir, ils nous ont fourni un renseignement essentiel sur cette affaire : si les

Services interviennent, cela signifie que les plus hautes sphères du pouvoir sont concernées.

Calabonda parut médiocrement consolé par cette affirmation.

— Et qu'est-ce que je vais faire ? demanda-t-il. Qu'est-ce que je fais maintenant ?

— Vous obtempérez. C'est votre devoir de militaire, non ?

Et devant son air malheureux, elle ajouta :

— Mais je ne suis pas militaire, moi. Je vous promets que si j'ai du neuf, je vous tiendrai au courant, précisa-t-elle en esquissant le geste de lui tapoter l'épaule mais elle se retint.

Elle allait s'en aller, se ravisa :

— Au fait, est-ce qu'on sait pourquoi Bertolazzi se trouvait chez Minoncelli ?

— À l'examen du portable de Bertolazzi, il semble qu'il ait été appelé juste à l'heure où il partait de chez lui. Cet appel provenait de chez Minoncelli, mais à la même heure, Minoncelli était à la librairie Claudiana de Torre Pellice, nous avons le témoignage des frère Gnone là-dessus, il était en train de discuter avec eux de l'organisation d'un prochain débat, avant d'aller occuper la villa de Bertolazzi. Donc, quelqu'un a appelé l'ingénieur de chez Minoncelli, et l'a sans doute convaincu de venir là, pour l'abattre avec votre arme. Qui ? Comment l'a-t-il convaincu ? Pourquoi l'a-t-il abattu ? Là, j'ai du pain sur la planche... pour autant que l'enquête restera entre mes mains...

Il y eut un échange de regards dubitatifs. Puis Simona demanda :

— Et sur le vol de mon arme, vous avez eu des résultats ?

— Personne dans la matinée n'a remarqué d'intrus. Pendant que vous preniez votre petit déjeuner et que vous vous promeniez, les femmes de chambre ont été sans arrêt dans les couloirs, il est très improbable que quelqu'un ait pu entrer dans votre chambre sans qu'elles le remarquent. Je pense que le voleur s'est introduit chez vous dans la nuit pendant votre sommeil, ou la veille au soir...

— Quelqu'un de très fort, alors, et de très bien équipé. Parce que je n'ai pas remarqué qu'on avait forcé les serrures... Votre enquête à ce sujet m'intéresse au plus haut point, comme vous pouvez l'imaginer. Je vais devoir rendre des comptes à mes supérieurs. Se faire voler son arme, c'est déjà grave, mais que cette arme soit ensuite utilisée pour tuer... Je risque un passage en conseil de discipline. Pour l'instant, personne, ni de la DNA ni de la direction de la police, ne m'a appelée, mais ça ne devrait plus tarder...

Calabonda écarta les bras dans un geste désolé.

— Ce n'est pas votre faute... Vous n'avez commis aucune imprudence.

« Putain, pensa Simona, j'en suis là, à me faire consoler par ce calamiteux carabinier de province… »

— J'espère que mes supérieurs penseront comme vous, dit Simona. Et on vous laissera enquêter jusqu'au bout sur ces crimes.

C'est sur ces espérances, et sur l'impression d'avoir participé à un échange vaguement plaintif entre deux perdants, que Simona quitta l'adjudant.

Une heure plus tard, installée sur le lit de sa chambre d'hôtel avec sur les cuisses un plateau où étaient disposés du café, des biscuits, des croissants, des confitures, plusieurs sortes de miel, du jus d'orange et une part de tarte aux myrtilles, elle assista à la conférence de presse télévisée d'Evangelisti. Il avait à sa droite le chef de la Digos pour la province de Turin, à sa gauche le représentant du parquet de cette même ville et divers responsables policiers se tenaient debout derrière lui. À l'extrême bout de la table, Simona aperçut la moustache dépitée de Calabonda.

Devant eux, sur une table, étaient disposés des fusils de chasse, des bombes de peinture aérosol, des piles de tracts et de documents, ainsi que de nombreuses armes blanches. La caméra zooma sur ces dernières et Simona reconnut des couteaux désoperculateurs. La veille, elle avait vu

Minoncelli manier un de ces outils pour libérer le miel de ses alvéoles.

Une salle de classe avait été réquisitionnée pour la conférence. Les journalistes étaient assis à des bancs d'écoliers et sur le tableau noir derrière les autorités, était écrit à la craie : « Opération Edelweiss ».

— Des armes, du matériel et des documents ont été saisis chez les membres du « Comité de défense des Apiculteurs des Vallées Alpines », disait Evangelisti. Tout cela est en cours d'analyse et d'exploitation…

Evangelisti parlait sur un ton que Simona entendait pour la première fois. L'ironie bonhomme qui jusque-là avait semblé sa marque avait disparu. Il était concentré et solennel, et la pause qu'il marqua fut empreinte de cette solennité, au point qu'une seconde passa avant qu'une journaliste lance une question :

— Avez-vous trouvé des preuves de l'implication du Comité dans la tentative d'attentat contre le centre de recherche Sacropiano de Pinerolo ?

Sans se départir de son expression concentrée, Evangelisti répondit :

— Notre attention a été attirée par une petite brochure intitulée *La Révolution des abeilles*, dont nous avons trouvé de nombreux exemplaires chez les interpellés. Le fait que ce titre corresponde au slogan peint sur le mur du centre

173

et griffonné sur des feuilles retrouvées sur les lieux de deux meurtres n'est sûrement pas un hasard. Il semble que cet opuscule circulait sous le manteau depuis plusieurs semaines. C'est un texte qui remet en question les bases mêmes de la société démocratique et invite à « déserter » les institutions. Les enquêteurs sont en train de vérifier si le mot « déserter » ne serait pas un terme codé pour « saboter ».

Simona ricana en plongeant la cuillère dans le petit pot de miel au romarin.

— En dehors de ces feuilles de papier et de cette brochure, est-ce que vous avez des éléments qui permettent d'impliquer le Comité dans le meurtre de Bertolazzi et dans celui de Gandolfo, qui était notoirement un ennemi de Minoncelli ?

Evangelisti échangea quelques mots à voix basse avec le chef de la Digos avant de refaire face aux caméras :

— Au stade actuel de l'enquête, nous préférons nous abstenir de donner plus d'informations.

— Mais est-ce que vous avez la preuve que cette brochure a été rédigée par le Comité, ou par un de ses membres ? s'enquit un représentant de la presse écrite.

Evangelisti secoua la tête :

— Pour l'instant, nous ne pouvons pas donner davantage d'informations.

Un homme se leva brutalement de son banc, manquant de le renverser. Simona reconnut Giuseppe Felice. Sa voix, d'abord incertaine, s'affermit au fur et à mesure que la question se déroulait :

— Est-il vrai que M. Minoncelli n'a pas été arrêté parce que vous ne l'avez trouvé ni à son domicile ni sur ses ruchers ?

— C'est vrai, en effet, répondit Evangelisti. Mais son interpellation ne saurait tarder. S'il nous entend, je l'invite d'ailleurs à se rendre à la caserne de carabiniers la plus proche. Dans son propre intérêt. Il est urgent que nous éclaircissions le rôle de chaque membre du comité. Je n'accuse pas le comité de défense dans son ensemble. Mais il est possible qu'une structure clandestine se soit développée à l'intérieur de cette organisation. Nous avons donc tout intérêt à séparer le bon grain de l'ivraie, le droit de contestation démocratique du terrorisme. C'est l'intérêt de tous. Mesdames, messieurs, cette conférence est terminée, conclut-il en se levant.

Simona éteignit la télévision et, la mine sombre, entreprit de faire disparaître entre ses lèvres charnues tout ce que le plateau contenait de comestible. Quand elle eut terminé, elle émit un petit rot, s'extirpa du lit en posant le plateau à terre et alla vomir dans les toilettes. « Ça me rajeunit », pensa-t-elle, les mains accrochées au rebord de la cuvette, le visage couvert d'une sueur froide. Entre vingt et trente-cinq ans, elle avait été mince, grâce à ce qu'elle appelait « mon anorexie contrôlée ». Puis elle avait décidé qu'elle pourrait vivre sans séduire et quelques mois après, elle avait pris quelques kilos et rencontré Marco, ils s'étaient séduits réciproquement et, malgré de nombreuses escapades de part et d'autres, plus jamais lâchés.

Elle était en train de se passer de l'eau sur le visage face au miroir de la salle de bain quand le téléphone de la chambre sonna. Elle s'essuya calmement, alla décrocher.

— Ah! Simona! s'exclama le correspondant, soulagé.

C'était Antonio Bianchi, procureur de la Direction de district antimafia dont dépendait directement la commissaire.

— Bonjour, procureur, vous m'appelez pour m'engueuler?

— Bonjour, commissaire, dit Bianchi, d'une voix plus chaleureuse que ce à quoi elle s'attendait. Je vous appelle pour vous dire de faire attention. En ce qui concerne le vol de votre arme…

— Je suis prête à rendre des comptes à la commission de discipline, coupa Simona en se passant une main dans les cheveux.

Elle avait besoin d'un bon brossage.

— On n'en est pas là. Vous vous expliquerez

avec vos supérieurs de la police et si vous n'avez pas commis de négligence, on en restera là. Après tout, ce sont eux qui ont exigé que vous l'emportiez même en vacances... Non, je vous appelle pour vous demander d'éviter absolument de vous mêler de l'affaire des meurtres et de l'attentat dans les vallées. J'ai discuté avec le parquet de Turin et nous sommes tombés d'accord sur le fait que votre présence n'est plus nécessaire dans la région. Bien entendu, par la suite, je connais votre esprit de collaboration entre services et je sais que vous déférerez à toute convocation. Mais pour l'instant, je ne vous cache pas que votre présence est plutôt une gêne pour les enquêteurs, vous attirez inutilement l'attention de certains médias qui nous sont hostiles...

— Vous voulez que je débarrasse le plancher au plus vite, c'est ça ?

Bianchi eut un petit rire.

— Je ne le dirais pas en ces termes, mais le contenu du message est celui-là.

— C'est d'accord, mais je vais devoir attendre mon petit mari, qui est en train de revenir de Salina. Marco s'ennuyait sans moi (« et il ne voulait pas me laisser seule avec le beau Minoncelli », ajouta-t-elle pour elle-même en souriant). Disons qu'on repartira demain matin au plus tard.

Il y eut un léger silence puis :

— C'est entendu. Demain matin. Au plus tard,

insista-t-il. Finissez vos vacances dans un endroit calme et revenez-nous en pleine forme, Simona. Nous avons besoin de vous, ici.

— Je vous remercie, procureur. Comptez sur moi.

En raccrochant, Simona pensa « C'est ce qu'on appelle un message parfaitement clair : si tu continues à emmerder le monde, il n'est pas sûr que tu pourras continuer tes enquêtes à l'antimafia ».

Après s'être douchée longuement en se massant avec une brosse chinoise anticellulite, s'être lavé les cheveux avec un shampoing nourrissant à l'avocat, après les avoir séchés avec son propre appareil anti-dessèchement, après s'être passé diverses crèmes sur le corps, les mains, le visage, elle choisit un charmant chemisier à fleurs et un pantalon noir qui l'amincissait et soulignait sa taille encore étroite. Ensuite, devant le succinct bureau de l'hôtel, elle posa sur un siège sans dossier ce solide fessier qui mettait toujours Marco en fibrillation (et qui avait ému tant de collègues). Elle ouvrit son ordinateur et consulta sa boîte de courrier électronique.

Giuseppe Felice lui avait bien envoyé les photos prises sur les lieux du meurtre, juste après le départ de la Scientifique.

Elle observa la photo qui avait retenu son attention. Sur l'emplacement des objets qu'ils

avaient mis sous scellés et emportés, les fonction-
naires avaient indiqué par un trait de craie leur
position exacte et disposé un petit écriteau indi-
quant l'identité de la chose manquante, avec le
numéro du scellé.

Les yeux fixés sur la photo, elle réfléchit plusieurs minutes puis un bruit la fit se retourner.
On avait glissé quelque chose sous sa porte. Elle
bondit, l'ouvrit à la volée.

Le couloir était désert, tout au bout le voyant de
l'ascenseur clignotait. Simona haussa les épaules.
Impossible de savoir si la personne qui avait glissé
la chose était partie par là, ou dans l'escalier, vers
le haut ou vers le bas. Cet hôtel était plein de
recoins. Toute course-poursuite était inutile.

Elle revint dans la chambre, ce qu'on avait
glissé sous la porte était une mince brochure
cartonnée barrée d'un titre sans nom d'auteur :
La Révolution des abeilles. La commissaire la
ramassa, la mit dans son sac à main, prit son
portable sur la table de nuit, en retira la batterie,
fourra le tout dans le sac et sortit. Elle descendit
au parking de l'hôtel et attendit patiemment
dans l'ombre, à l'écart de sa propre voiture, que
quelqu'un se décide à sortir. Assise sur une
vieille boîte à outils, derrière un pilier, elle réfléchissait. À sa vie, à ses rapports avec l'institution
policière pour laquelle elle travaillait depuis
près de trente ans, à ses relations avec Marco. À

tout sauf à l'affaire des meurtres dans la vallée. Enfin, un couple de quadragénaires qui se disputaient surgit dans le parking et, se disputant toujours, monta dans une prestigieuse voiture décapotable. À l'instant où la porte métallique commençait à se rabattre après le passage du véhicule, Simona fut dehors.

Elle cligna des yeux dans la lumière solaire, ne nota rien de particulier, et s'éloigna rapidement à pied sur la route de l'hôtel, prit la première traverse. Une demi-heure plus tard, d'une cabine proche de la vieille gare de San Giorgio al Monte (deux trains touristiques par jour), elle appela Giuseppe Felice.

— Bonjour, Giuseppe, ici Simona Tavianello. J'aurais besoin d'un petit renseignement... non, attendez, écoutez-moi, c'est urgent. Voilà, vous allez appeler Evangelisti, insistez beaucoup pour lui parler directement, expliquez que c'est très important et très urgent. Surtout, ne dites pas que c'est de ma part. Ne mentionnez pas mon nom. Demandez-lui simplement si le scellé n° 78C a donné des résultats intéressants. Ou bien si par hasard il a disparu. Oui... vous avez bien noté ? Je vous rappelle dans une demi-heure.

Elle raccrocha, regarda autour d'elle. En fin de compte, ce n'était pas un mauvais entraînement que de se mettre dans la peau d'un type en cavale. Elle décida quand même que la plaisanterie avait assez duré et prit la direction de l'ouest, là où elle devrait finir par retrouver le café sans nom où elle avait rencontré Felice et Minoncelli.

Vingt minutes plus tard, quand elle y entra, elle ne fut pas étonnée d'y trouver le journaliste à sa place habituelle. En la voyant, ce dernier sursauta. Ça devenait une habitude.

— Mais vous ne deviez pas…

— … vous rappeler ? Finalement, je préfère le tête à tête. Alors, comment a réagi Evangelisti ?

Le roux malingre eut un grand sourire comme elle ne lui en avait jamais vu.

— J'ai eu beaucoup de mal à lui parler directement, mais j'y suis parvenu. Comme d'habitude, il avait avec moi le ton ennuyé et poli qu'on prend quand on veut se débarrasser d'un enquêteur téléphonique, jusqu'à l'instant où il a entendu ma question, et là, il y a eu un grand silence, et puis il a dit : « quel numéro dites-vous ? », je lui ai répété : « le scellé 78C » et alors, il a toussoté puis il s'est mis à parler tout doucement, à chuchoter presque : « je vous rappelle ». Et voilà, j'attends toujours qu'il me rappelle.

Simona leva les yeux vers le patron du café mais à cet instant, l'appareil de Felice sonna. Celui-ci jeta un coup d'œil à l'écran et s'exclama :

— Ah non, ce n'est pas lui. C'est mon directeur. Le *dottore* Alberto Signorelli.

Il prit la communication :

— Bonjour, *dottore*. Oui, en effet... Il vous a appelé ? Ah, alors, je dois... ah bon ? De quoi s'agit-il ? Je ne sais pas, c'est sur renseignement, je ne sais pas si je dois donner ma source...

Simona, qui le fixait, hocha vigoureusement la tête.

— Oui, bon, elle me dit que je peux vous le dire : c'est la commissaire Tavianello... oui, oui, elle est en face de moi. Bon...

Le journaliste tendit son portable à la policière.

— Il veut vous parler.

Avec une moue perplexe, Simona se colla la chose à l'oreille.

— Bonjour, commissaire, dit une voix de basse.

— Bonjour, *dottore*. Vous souhaitiez me parler ?

— Oui. Mais pas au téléphone. En tête à tête, si vous voulez bien.

— Eh bien, sans doute... mais quand ?

— Tout de suite. Si ça ne vous ennuie pas.

— Mais comment... ?

— Ma voiture vient de se garer de l'autre côté de la route, en face du café. Je vous attends.

Simona rendit l'appareil au journaliste qui écarquillait les yeux et elle sortit du café.

De l'autre côté de la chaussée, entre deux peupliers qui la bordaient, était garée une grosse cylindrée aux vitres teintées. Quand la commissaire eut traversé, la portière arrière gauche s'ouvrit.

En se penchant, elle distingua un gros homme en costume de velours côtelé. Dans ses traits bouffis de graisse, elle perçut une ressemblance avec ceux de Francesco Signorelli, le directeur exécutif du centre de recherche Sacropiano de Pinerolo. D'une main aux doigts boudinés, il tapota le siège à côté d'elle.

— Je vous en prie, dit-il. Nous serons mieux ici pour bavarder que dans ce bouge qu'affectionne mon collaborateur.

Simona se cala dans le profond siège de cuir et la portière se referma toute seule sans bruit. Dans l'habitacle, il régnait une légère odeur de lavande. Du chauffeur, on ne voyait que le dos large et la nuque plissée sous la classique casquette à visière.

— Enchanté de faire votre connaissance, dit Signorelli en lui tendant son battoir. Nous étions en route vers mon bureau quand j'ai été rejoint par le coup de fil d'Evangelisti. Ce magistrat croit sans doute que parce que je suis le principal héritier de la fortune familiale, le *Quotidiano delle Valli* n'est qu'un hobby pour moi. Il s'imagine aussi sans doute que, par solidarité familiale, je suis prêt à tout pour aider mon crétin de frère. Figurez-vous qu'il m'a appelé pour me demander d'intimer l'ordre à Felice de laisser tomber cette histoire de scellé n° 78C. Il est mal tombé. Figurez-vous que j'appartiens à une espèce qui se raréfie de plus en plus en Italie : je suis partisan d'un journalisme réellement indépendant de tous les pouvoirs…

Il marqua une pause, le temps pour le narrateur de signaler qu'il laisse au *dottore* la responsabilité de ces déclarations. Puis Alberto Signorelli ajouta :

— En plus, Francesco est un couillon. Et je ne sais pas ce qu'il fabrique dans son centre de recherche, mais pour moi, ça pue. Alors, c'est quoi, ce scellé 78C ?

— Un stylo-feutre rouge. Or le papier portant l'inscription « La Révolution des abeilles » qui a été trouvé près du corps de Bertolazzi a été écrit au feutre rouge. Il serait intéressant de savoir si on a trouvé des empreintes ou des traces ADN sur ce stylo. Il vous a dit quelque chose sur ce scellé, Evangelisti ?

Alberto Signorelli se tapa sur la cuisse avec une expression triomphante.

— Ah, ben oui, il m'a dit que ce scellé avait malencontreusement disparu du greffe du tribunal, et qu'il ne fallait surtout pas insister là-dessus. Qu'on allait sûrement le retrouver, mais qu'un petit scandale inutile risquerait de ralentir l'opération Edelweiss, qui vise à éliminer par avance tout danger éco-terroriste qui pourrait peser encore sur le centre de recherche de mon frère. Il m'a expliqué qu'il était partisan des théories du « décèlement précoce », c'est-à-dire d'une politique de prévention du crime. Il s'agit de repérer la dangerosité des organisations avant même qu'elles deviennent vraiment dangereuses et d'intervenir contre les personnes en fonction non pas de ce qu'elles ont fait mais de ce qu'elles pourraient faire. Je lui ai répondu alors qu'il devrait m'interpeller tout de suite, parce que j'ai souvent envie d'étrangler ma femme…

— Il a ri ?

— Il a ri, l'idiot, il croyait que je plaisantais ! gronda le directeur du *Quotidiano delle Valli* en dévisageant son interlocutrice.

Comme Simona ne bronchait pas, il ajouta :

— Il m'a aussi confié qu'il vous avait associée à l'enquête pour mieux vous contrôler.

Simona sourit.

— Je m'en doutais, voyez-vous.

Le *dottore* s'asséna une nouvelle claque sur la cuisse.

— Vous me plaisez, commissaire ! J'ai toujours fait confiance aux femmes bien en chair.

Simona renonça à évaluer le compliment.

— C'est pour m'avertir de ça que vous avez voulu me parler ?

— Pour vous avertir et pour vous dire que je

ne vais pas renoncer à un gros titre pour couvrir mon crétin de frère. Vous avez le soutien du *Quotidiano delle Valli.*

Simona rejeta une mèche blanche qui lui tombait sur l'œil.

— Je vais vous décevoir, monsieur Signorelli, mais mon intervention dans cette affaire s'arrêtera au fait d'avoir signalé l'importance d'un scellé à votre journaliste. Pour le reste, je fais confiance à ses capacités et à sa pugnacité…

— Capable et pugnace, il a intérêt à l'être, ce couillon, s'il veut manger ! Mais vous avez raison, il vaut mieux que ce qu'il a l'air. Je l'ai peut-être sous-estimé. En tout cas, toute cette opération Edelweiss est ridicule. Ces armes… tout le monde rigole dans la vallée. Découvrir soudain la présence de fusils de chasse chez ses habitants, c'est vraiment se moquer du monde ! Tout le monde chasse ici, y compris les apiculteurs… Ça n'empêche qu'il y a eu ces morts… Si je comprends bien, vous n'avez pas l'intention d'enquêter plus avant ?

— Ce n'est pas mon rôle. Demain matin, je pars en vacances sous des cieux plus tranquilles, en compagnie de mon époux.

— Dommage…, dit Signorelli en la jaugeant avec un mouvement fouisseur de son gros nez qui évoquait un sanglier en quête d'odeurs déli-

186

cieuses et fortes. Je vous raccompagne à votre hôtel ?

Simona sentit dans ses jambes la fatigue de la marche et acquiesça volontiers.

De retour dans sa chambre, elle sentit une fatigue immense s'abattre sur ses épaules et, à peine étendue sur le lit, elle s'endormit.

Quand elle se réveilla, il était 16 heures. Elle avait dormi cinq heures d'affilée. Elle avait cette étonnante capacité de se réfugier longtemps dans le sommeil, à n'importe quelle heure du jour, quand le monde autour d'elle lui paraissait hostile et obscur. Dommage qu'elle n'eût pas la capacité d'un de ses amis, commissaire, de résoudre les énigmes en dormant[1].

Elle commanda par téléphone un casse-croûte à base de jambon et de fromages locaux, accompagné d'une excellente bière régionale. Pendant qu'elle mangeait, elle jeta un coup d'œil à l'écran éteint de son téléviseur et décida de le laisser ainsi.

Plus tard, après avoir slalomé dans le hall pour éviter les groupes de journalistes, elle alla s'installer tout au fond du parc de l'hôtel, sur une chaise longue, sous un bougainvillée où bourdonnaient des insectes. Elle se plongea dans *La Révolution des abeilles*.

1. Voir *Saturne*, Folio Policier n° 668.

Le texte commençait par ces mots :

Les spécialistes qui ont traité du Colony Collapse Disorder signalent que la disparition soudaine des ouvrières est d'autant plus remarquable qu'on ne trouve pas d'abeilles mortes aux alentours de la ruche. On en déduit généralement qu'elles sont allées mourir ailleurs. Et si ce n'était pas le cas ? Et si, au lieu d'aller mourir, elles étaient allées se regrouper et vivre ailleurs, loin de ce lieu d'exploitation et de pollution, d'exposition aux maladies, qu'est la ruche ? Et si la disparition des abeilles était en fait une désertion en masse ? Si les abeilles qu'on croit mortes vivaient ailleurs, comme les « nègres marrons » qui fuyaient autrefois les plantations où on les réduisait en esclavage, à Haïti ou dans les autres îles des Caraïbes ? Si les abeilles avaient pris le maquis ?

— Vous avez de saines lectures, dit une voix que Simona reconnut instantanément.

Minoncelli s'accroupit, sa grande carcasse se pliant pour que ses yeux bleus puissent rencontrer ceux de Simona.

— Ah ben, vous ! s'exclama-t-elle. Vous savez qu'on vous recherche ?

— Je sais, oui. J'ai l'intention d'aller ce soir au tribunal en compagnie de mon avocat. Toute cette opération est grotesque, et vous le savez bien.

Simona considéra le solide gaillard et son éternel sourire.

— Je ne sais pas... ne comptez pas sur moi pour critiquer les collègues. Il y a quand même eu une tentative d'attentat... Il y a eu des morts...

— Pour la tentative d'attentat, permettez-moi de douter. Elle tombe pile pour soutenir la thèse de l'éco-terrorisme et pour enterrer définitivement les protestations du Comité contre les expériences de Sacropiano dans les vallées. Nous ne savons pas exactement ce qu'ils trafiquent dans leur labo et grâce à cette histoire, nous ne le saurons peut-être jamais. Ce ne serait pas la première fois qu'un pseudo-terrorisme permet d'étouffer la contestation...

— Ça s'appelle la théorie du complot.

— Vous n'allez pas me dire que les complots n'existent pas, en Italie ?

Simona baissa les yeux pour échapper à l'emprise du regard si intense.

— Qui a écrit ça ? demanda-t-elle en montrant la brochure du menton.

— Je n'en sais rien. Nous en avons reçu un paquet au siège, on a trouvé ça intéressant, quoique passablement délirant... Mais comme vous voyez, sur la couverture, il n'y a pas de nom...

En disant cela, il avait rabattu la couverture de la brochure, qui restait entre les mains de Simona.

C'est dans cette position, lui accroupi près d'elle, eux deux tenant un livre, leurs mains très proches l'une de l'autre, que Marco Tavianello les surprit.

— Je dérange, peut-être ? lança-t-il.

8

En cet épineux moment, ce qui sauva Simona d'ultérieurs et fastidieux quiproquos, prises de becs, pugilat entre mâles et autres fatigues inutiles auxquelles s'expose une bonne partie du monde vivant depuis qu'il a opté pour la reproduction sexuée, ce qui donc sauva Simona, ce fut sa spontanéité. Voyant son homme dressé sur ses ergots, elle éclata de rire. Puis elle se jeta dans ses bras.

— Marco ! Que je suis contente ! s'exclama-t-elle.

De sorte que, quand il répéta sa question, le ton fut beaucoup moins convaincu :

— Je ne dérange pas ?

— Dis pas de bêtises, espèce de macho napolitain ! Je te présente Giovanni Minoncelli.

Les deux hommes se serrèrent la main.

— Eh bien, finalement ! s'exclama Marco. La dernière fois que nous avons voulu vous rencontrer, nous avons trouvé un cadavre chez vous.

Mais dites-moi, vous n'êtes pas recherché ? Est-ce que par hasard mon épouse se serait laissée aller à de louches contacts avec un homme en cavale ?

— Je vais me rendre au palais de justice tout à l'heure avec mon avocat, mais avant, je voulais dire deux mots à votre épouse… et à vous, si vous voulez bien m'écouter.

Les deux hommes s'assirent sur des sièges métalliques, de part et d'autre de Simona qui s'était réinstallée dans sa chaise longue. Minoncelli répéta ce qu'il venait de dire à la commissaire et Marco, en entendant évoquer la possibilité que l'opération Edelweiss serve surtout à protéger les expériences de Sacropiano, s'abstint d'évoquer la théorie du complot comme l'avait fait son épouse, et dit simplement :

— C'est dans l'ordre du possible.

Mais il ajouta :

— Est-ce que vous avez un alibi pour la nuit de l'attentat ?

Minoncelli secoua la tête.

— Non, Evangelisti m'avait remis en liberté, je suis rentré chez moi sans croiser personne.

Marco hocha la tête avant d'opiner, posément :

— Alors, il faut que ma femme vous arrête.

L'apiculteur se dressa d'un bond :

— Qu'est-ce que vous racontez ?

— Qu'est-ce que tu dis ? demanda Simona, en se levant à son tour à demi sur son siège.

Marco resta sur sa chaise mais leva les mains, paumes en avant :

— Du calme. Réfléchissez une seconde. Si vous voulez qu'on vous aide, Minoncelli, il faut que nous restions dans le strict respect de la loi, et même qu'Evangelisti et les autres — tous ceux qui sont derrière lui, les Services et les autorités — ne puissent que nous féliciter de notre intervention. Si nous arrêtons le principal suspect dans l'affaire des attentats, je ne vois pas comment ils pourraient nous empêcher de fureter encore un peu par ici...

Depuis qu'il avait commencé à répondre, Simona le dévisageait.

— Qu'est-ce qui te prend ? marmonna-t-elle. J'aimerais bien que tu m'expliques... je croyais que tu revenais pour me ramener à Salina... parce que... enfin, je ne sais pas...

Elle se tut, sans pouvoir s'empêcher de jeter un coup d'œil en biais au bel apiculteur.

— Eh bien, conseilla Marco, si tu ne sais pas, il vaut mieux ne rien dire. Figure-toi qu'en venant, j'ai passé quelques coups de fil et je me suis aperçu que cette affaire commençait à intéresser beaucoup de monde, y compris chez des gens qui, comme nous, en ont un peu marre des sales petits jeux des Services...

« Aïe, pensa Simona, il a téléphoné à ses frères maçons, manquait plus qu'eux. » Mais elle garda le silence.

Le questeur à la retraite se leva à son tour et regarda l'apiculteur droit dans les yeux.

— Écoutez-moi, lui dit-il. Il faut me faire confiance. Vous avez des alliés puissants que vous n'imaginez pas. Tout le monde, dans les sphères étatiques, n'est pas d'accord avec ce qui se passe dans les laboratoires de Sacropiano. Vous avez une idée au moins vague de ce qui s'y trame ?

Minoncelli secoua la tête.

— Bertolazzi n'avait pas voulu me le dire… Oui, fit-il en réponse à un regard interloqué de Marco, nous étions en contact. Pour garder son poste, il ne le disait pas officiellement mais à force de discuter avec nous et de se documenter sur la question des abeilles (ce n'était pas sa spécialité), il avait fini par pencher de notre côté. Depuis quelque temps, même, il était très inquiet, il me disait « Tu ne sais pas ce qu'ils sont en train de fabriquer », à propos des recherches de Sacropiano. Il refusait d'en dévoiler davantage parce qu'il prétendait qu'il risquait trop gros mais il m'encourageait à la bataille contre sa société. Le jour où nous avons occupé sa villa, je m'étais mis d'accord en secret avec lui : personne d'autre du comité n'était au courant… Il m'avait dit que nous trouverions dans son bureau des documents sur ce qui se tramait dans les laboratoires de Sacropiano. Mais vu comment les choses ont tourné, je n'ai pas eu le temps de fouiller le bureau en question, on m'a annoncé qu'il était mort et les carabiniers sont venus me chercher, l'occupation a été interrompue. Maintenant, j'imagine que Sacropiano a récupéré les documents.

— Bon, fit Marco d'un ton décidé. On va s'en occuper. D'une manière ou d'une autre, nous arriverons bien à obtenir que cette multinationale nous fasse savoir ce qu'elle est en train de tramer. Vous êtes d'accord pour que Simona vous arrête ?

Minoncelli eut son large et irrésistible sourire :

— Ma foi, dit-il en se tournant vers la commissaire, je ne m'étais jamais encore fait mettre des menottes par une belle femme. Je veux bien essayer !

— Désolée de vous décevoir, rétorqua la commissaire sur le même ton, je n'emmène pas de menottes en vacances.

Puis elle cessa de sourire. Du coin de l'œil, elle avait vu le visage de Marco s'empourprer, il prit une profonde inspiration, desserra les poings et dit :

— Allons-y. Simona, tu devrais appeler Calabonda pour lui dire qu'on lui amène Minoncelli.

Au deuxième appel, l'adjudant répondit, écouta la communication de la commissaire, répondit brièvement :

— Je suis occupé. Mais je vous envoie une voiture. Elle sera là dans dix minutes.

La traversée du parc par l'apiculteur encadré par les époux Tavianello, jusqu'à la gazelle des carabiniers, ne passa pas inaperçue. Il y eut des exclamations, des courses effrénées de cameramen et de photographes qui avaient délaissé leur matériel pour profiter un instant de la piscine, Ciuffani s'étala dans un massif de houx en essayant un raccourci qui lui aurait permis d'arriver en tête de ses collègues, Marco soulagea sa nervosité en distribuant quelques coups de coude dans des estomacs, quant à Minoncelli, juste avant qu'un carabinier le menotte et le fasse entrer dans la voiture, une main sur la tête, le grand gaillard jeta un regard à Simona où elle perçut, pour la première fois, du désarroi.

— J'espère, lança-t-il, que je peux vous faire confiance.

Tandis que la voiture démarrait et qu'ils repoussaient les micros, Marco marmonna à l'adresse de sa femme :

— Bon, maintenant qu'on est débarrassés de ce connard, on va peut-être pouvoir enfin partir en vacances ?

Simona dévisagea son mari. Il n'avait pas l'air

de plaisanter. Elle allait répondre quand son portable sonna. C'était Calabonda.

— Il semble que vous soyez encore indispensable, lui dit le carabinier. Je suis à l'hôpital, j'ai été autorisé par les médecins à entendre Mehmet Berisha. Mais il dit qu'il ne parlera qu'en votre présence. Il n'a confiance qu'en vous, parce que vous lui avez sauvé la vie et parce que d'après lui, « vous au moins, quand il parle, vous le comprenez ».

— D'accord, j'arrive, dit Simona puis elle croisa le regard de son mari, se racla la gorge, balbutia : C'est-à-dire que… hum, oui, peut-être que… oh, enfin, oui, trancha-t-elle en fixant Marco droit dans les yeux, j'arrive. À tout de suite… Tu m'accompagnes ? demanda-t-elle.

Il secoua la tête.

— Je suis venu te chercher, pas mener des enquêtes pour lesquelles je n'ai aucun mandat. Je te rappelle que je suis à la retraite. Je repars demain. Et cette fois, si tu ne viens pas avec moi, j'irai passer mes vacances seul.

Et il lui tourna le dos.

Dans la chambre bondée de l'hôpital Edoardo Agneli, la climatisation était hors service mais Mehmet Berisha, malgré le drap épais et sa jambe bandée et en extension, semblait le seul à ne pas souffrir de la chaleur. Evangelisti, assis dans un siège réglable garni de plastique gris, ne cessait de décoller son dos trempé du dossier et s'éventait avec une feuille de température. Calabonda, adossé à la porte des toilettes, avait retiré sa casquette et en observait l'intérieur, la mine morose. L'interprète, assis sur un tabouret près de la tête de lit, transpirait à grosses gouttes, tout comme le carabinier chargé de prendre la déposition, qui avait installé son ordinateur portable et une imprimante sur une table à roulettes avec plateau inclinable, laquelle se dérobait de quelques centimètres vers l'avant chaque fois qu'il laissait reposer ses avant-bras sur le rebord.

— *Good morning, miss*, dit Mehmet à Simona quand elle s'appuya au montant, au pied du lit.

— Bonjour, monsieur Berisha, lui répondit-elle. On vous écoute.

Le berger hocha la tête et commença à parler. D'une voix monocorde, il expliqua qu'il avait depuis deux mois une liaison amoureuse avec l'ingénieur Maurizio Bertolazzi. Qu'il le soupçonnait de le tromper avec Giovanni Minoncelli.

— Comment vous sont venus ces soupçons? demanda Calabonda.

L'interprète traduisit et Mehmet Berisha haussa les épaules. Il dit quelque chose qui comportait le mot « gay ». L'interprète, un carabinier à grosse moustache, originaire d'un village albanais de l'Aspromonte, parut surpris, le questionna, l'autre répondit.

— Qu'est-ce qu'il raconte ? s'enquit Evangelisti.

— Il dit qu'il savait que Minoncelli était gay, répondit le moustachu, parce que Bertolazzi et lui l'avaient rencontré dans une boîte spécialisée de Turin.

Simona passa une main dans sa crinière et s'en voulut du sentiment de déception qui l'emplissait soudain. En quoi les mœurs de Minoncelli la regardaient-elles ?

— Poursuivez votre déposition, dit Evangelisti, et vous, ajouta-t-il à l'adresse du carabinier-interprète, contentez-vous de traduire, n'intervenez pas dans ses déclarations.

Berisha expliqua qu'il avait remarqué qu'après les débats publics, Minoncelli et Bertolazzi bavardaient souvent en aparté et que Bertolazzi avait l'air amoureux, il connaissait bien cet air, lui… et puis y a trois jours, Bertolazzi l'avait appelé pour annuler un rendez-vous, alors qu'ils auraient dû se voir à sa villa de Torre Pellice et y passer la nuit, que lui, Berisha, était quand même venu devant chez son amant, les fenêtres étaient éteintes, il avait attendu toute la nuit le retour de l'*ingegnere*. Au matin, il avait décidé d'aller chez Minoncelli. Quand il était arrivé, quelqu'un dont il n'avait pas vu le visage sortait en voiture de la propriété de l'apiculteur. Ce n'était pas le véhicule de ce dernier, mais Berisha s'était dit que Minoncelli en avait peut-être changé. En tout cas, le berger s'était approché de la maison, avait essayé la poignée, et comme ce n'était pas fermé à clé, il était entré. Il était allé jeter un coup d'œil dans la chambre, les draps étaient froissés, il lui a semblé que ça sentait l'amour... Tandis qu'une grande colère montait en lui, il a saisi le téléphone et, à tout hasard, appuyé sur la touche rappel : c'était le numéro de portable de Bertolazzi.

Son regard noir fixant Simona, le berger parlait dans sa langue, le carabinier calabrais traduisait, son collègue pianotait sur le clavier de son ordinateur, il faisait de plus en plus chaud.

— On pourrait peut-être ouvrir ? demanda la commissaire en montrant la fenêtre.

L'adjudant hocha la tête, alla tourner la poignée, tira, faillit tomber en arrière sur le lit. Un peu d'air frais entra.

— Continuez, ordonna Evangelisti après un claquement de langue agacé.

Bertolazzi avait aussitôt pris l'appel et en entendant la voix de Berisha, l'ingénieur avait eu l'air très inquiet. Le berger avait exigé qu'il vienne immédiatement pour qu'ils s'expliquent. Bertolazzi avait d'abord protesté qu'il devait se rendre à Turin pour une importante rencontre, mais quand l'Albanais avait menacé de saccager la maison de Minoncelli, il avait dit qu'il serait là dans vingt minutes. Berisha avait fouillé les lieux en attendant, et trouvé un pistolet dans le tiroir du bureau de l'apiculteur.

— Attendez, intervint Evangelisti, quel pistolet ? Vous pouvez nous le décrire ?

Le berger fronça le sourcil et avec l'appui de quelques gestes, et beaucoup de précisions dans les termes (il avait été dix ans dans l'armée albanaise) décrivit le Beretta 92SBM — réservé aux femmes policiers et aux officiers parce que plus petit et facile à dissimuler. Indubitablement le modèle de l'arme volée à Simona.

Calabonda se rapprocha de la commissaire et lui dit à mi-voix :

— Il y a effectivement ses empreintes sur votre arme.

Et ensuite, conclut-il rapidement, quand Bertolazzi était arrivé, ils s'étaient violemment disputés, l'ingénieur lui avait dit qu'il ne voulait plus le revoir et le berger l'avait abattu avec le Beretta.

Il y eut un silence. De grosses larmes silencieuses roulaient sur les joues hérissées de barbe du berger. Quelqu'un toussota, on bougea sur des sièges, Evangelisti s'éventa furieusement sans rien dire.

Enfin l'adjudant demanda :

— Et la page avec l'inscription « Révolution

des abeilles », comment avez-vous eu l'idée de la mettre sur le corps ?

Berisha eut l'air surpris en entendant la traduction. Il secoua la tête, dit quelques mots brefs.

— Il ne sait pas de quoi vous parlez, traduisit le carabinier.

— Il n'a pas écrit « Révolution des abeilles » au feutre rouge sur une feuille abandonnée sur ou près du corps ? insista Calabonda.

Nouvelle dénégation. D'un coup d'œil Simona demanda la permission de poser une question et Calabonda hocha la tête.

— Comment avez-vous connu Bertolazzi ? demanda-t-elle.

Berisha essaya de se relever un peu plus, tirant sur sa jambe, faisant balancer violemment la perche qui la tenait en extension. Il renonça, commença à parler d'une voix hachée. Une crête bien au-dessus de sa cabane, des roches presque noires émergeant d'une pierraille, la silhouette de l'*ingegnere* qui se dresse soudain, alors que le berger est à l'affût, dans l'attente d'un bouquetin qu'il suit à la trace depuis deux heures. C'est là qu'ils s'étaient vus pour la première fois. Bertolazzi avait expliqué qu'il aimait beaucoup les marches en montagne, qu'il était en excursion un peu plus bas, vers le lac ; qu'il avait été surpris d'apercevoir ce qui lui avait semblé un essaim d'abeilles en déplacement, qu'il l'avait suivi jusqu'à cet endroit mais l'essaim avait disparu. Puis ils étaient redescendus ensemble jusqu'à l'abri du berger, et ils avaient passé leur première nuit ensemble.

Après la mort de Bertolazzi, il avait voulu retourner à l'endroit où ils s'étaient rencontrés, vers ces roches noires émergeant d'une mer de pierraille mais en montant, il avait perçu une détonation venant d'une crête voisine, avait reçu une balle dans le genou, peut-être un chasseur qui avait mal visé, qui sait. En tout cas, maintenant, il ne regrettait qu'une chose : que le tireur ne l'ait pas atteint en pleine tête.

Sur ces derniers mots, l'Albanais resta un moment bouche ouverte, fixant toujours Simona puis, soudain, de ses lèvres charnues, tourmentées de crevasses, une longue plainte s'éleva.

— Appelez le médecin, dit Evangelisti. Sa blessure doit le faire souffrir.

L'interprète se précipita au-dehors. Simona haussa les épaules.

— Je ne crois pas que ce soit à la jambe qu'il ait mal. Et je crois qu'il vaudrait mieux qu'on le laisse tranquille.

— D'accord avec vous, dit Calabonda. Mais il faut quand même qu'on lui fasse signer sa déposition.

La commissaire détacha son regard de celui de l'Albanais.

— Je vous attends dans le couloir.

Comme elle poussait la porte, elle perçut un mouvement sur le côté, se pencha, vit une silhouette se précipiter vers l'ascenseur. Pour une femme de sa corpulence, elle savait courir très vite. À l'instant où les portes automatiques se refermaient, elle était dans la cabine, en face du fuyard.

— C'est toi, salopard ! lança-t-elle.

Ils n'étaient pas seuls. Deux infirmières tenaient compagnie à un vieillard hagard en robe de chambre, assis sur une chaise roulante, le bras relié à une perfusion qu'une des deux femmes maintenait d'une main distraite tout en bavardant avec animation avec sa collègue à propos des mauvaises manières de la chef. En entendant l'interpellation de Simona, les infirmières se turent, leur lançant des regards curieux et inquiets.

L'homme que Simona avait ainsi apostrophé, chauve élégant malgré un début d'embonpoint, adressa un sourire aimable aux deux dames.

— Ma collègue a toujours eu un langage fleuri, dit-il. Mais c'est une excellente professionnelle.

Les infirmières gloussèrent et sortirent à l'étage suivant en poussant le vieillard qui bavait un peu sur son col. Simona bloqua la cabine entre deux étages et se planta devant le tableau de commande, son corps solide faisant barrage.

— Quand j'ai vu qu'il y avait Ciuffani dans les parages, j'étais sûre que les Services seraient derrière tout ça, dit-elle en croisant les bras. Comme on dit : même les paranoïaques ont des ennemis. Ce sont vos tireurs d'élite qui ont abattu Gandolfo et blessé Berisha ?

L'homme haussa les épaules.

— Pourquoi irions-nous flinguer des gens pour des histoires d'abeilles ? Nous avons encore le sens des proportions.

Simona le dévisagea, haussa les épaules.

— En fait, je vous crois. Mais le vol de mon pistolet, en revanche...

L'homme éclata de rire.

— Voilà, ça, oui, c'est un petit truc adapté à la situation. Des activistes emmerdent un laboratoire qu'on nous demande de protéger, et voilà que la commissaire Tavianello, une redoutable casse-couilles qui nous a maintes fois donné du fil à retordre, se pointe dans la région. Avouez que c'était du bon boulot, d'arriver à entrer chez vous pendant votre sommeil — faut dire que votre questeur, il ronfle comme un hippopotame et vous-même... bref —, quand même c'était un joli coup, en plus forcer votre valise sans que vous vous en aperceviez le lendemain, il faut savoir, hein... On vous pique votre arme, on vous met dans la merde et Minoncelli aussi : il ne restait qu'à téléphoner aux carabiniers pour leur signaler que l'apiculteur détenait une arme volée… d'une pierre deux coups.

— Sauf que ça n'a pas marché comme prévu…

— Bah oui, l'Albanais s'est pointé, j'ai réussi à lui échapper de peu.

— Mais vous êtes resté dans le coin…

Le chauve écarta les bras.

— Que voulez-vous… Je ne pouvais pas imaginer… Je voulais juste surveiller… et quand il a tiré, eh bien, il était trop tard, non ?

— Ça ne vous a pas empêché de revenir mettre un papier sur le corps de Bertolazzi avec l'inscription « Révolution des Abeilles ».

— Intuition géniale, non ? ricana l'homme. Nous connaissions l'existence de la brochure qui circulait chez les apiculteurs sans avoir réussi à identifier son auteur… Bon, c'est vrai que j'ai perdu le feutre, je croyais l'avoir glissé dans ma poche, mais j'ai mal dû le mettre. Il faut dire qu'après le coup de feu, pour réfléchir, j'ai bu un peu de whisky…

— Vous ne deviez pas arrêter ?

— Et vous, vous ne deviez pas arrêter de vous mêler de ce qui ne vous regarde pas ? Qu'est-ce que vous croyez ? Vous voulez changer le monde, ou quoi ? De toute façon, cette conversation n'a jamais eu lieu…

Simona hocha la tête.

— Bien entendu… juste par curiosité… l'autre

papier, là, laissé sur le corps de Gandolfo, le type qui a ravagé le rucher…

— Ah, fit l'homme, non, non… apparemment, j'ai lancé une mode… mais ça ne vous dérangerait pas de remettre l'ascenseur en marche ? On crève de chaud là-dedans.

— D'accord, dit-elle. Mais vous vous rendez compte qu'à cause de vous, un homme est mort ? Tué par mon arme ?

— Oh, on pourrait aussi dire que c'est de votre faute… vous ne devriez pas avoir le sommeil si profond quand vous avez une arme dans vos bagages… il faut dire que, après la partie de jambes en l'air que vous vous êtes payée, avec Marco… mais dites-moi, comment vous faites ? Il prend du Viagra ? Et vous, pas de problème de sécheresse vaginale ?

Simona inspira, expira, appuya sur le bouton et tandis que la cabine recommençait à descendre, elle se retourna vers l'homme :

— Comment vous avez dit, tout à l'heure ? Que j'étais une casse-couilles ?

Elle ne lui laissa pas le temps de répondre et son pied partit, cueillant le représentant de l'État dans le bas-ventre. Hurlant, il s'effondra sur les genoux en s'agrippant les *santissimi*, crachota :

— Sale pute rouge ! Tu me paieras ça, grosse truie pourrie ! On a enregistré tous vos ébats, on les mettra sur internet !

— Pauvre con, te gêne pas, j'en serai enchantée !

Elle sortit sur le palier du rez-de-chaussée et se dirigea rapidement vers la sortie. Au-dehors, de grosses gouttes commençaient à tomber.

— Tu lui as vraiment répondu ça ? Que tu serais enchantée qu'on mette nos ébats sur le net ? demanda un peu plus tard Marco.

— Mais oui, moi, j'en suis plutôt fière qu'on baise encore comme des dingues, après toutes ces années, pas toi ?

— Mais oui, mais enfin... qu'est-ce que tu fais ?... Arrête, il y a sûrement des micros... Ils nous écoutent en ce moment...

— Et alors, on les emmerde ! Viens là, je te dis... hmmm, je vois que la meilleure partie de toi me comprend et m'approuve, allez, viens...

— Simona, tu es vraiment... vraiment...

Soupir. Bruit de baisers, grincements de lit.

(*Interruption de l'enregistrement*)

— C'est vrai ? Tu es d'accord ? On rentre demain ?

— Mais oui, mon chéri, oui. De toute façon, cette affaire va se dégonfler... Minoncelli et les autres seront libérés, tôt ou tard...

— Ah, c'est ça qui compte pour toi... ton Minoncelli...

— Arrête de dire des bêtises… En plus, il est gay !

— Pfff ! Qu'est-ce que tu racontes ?! Gay, Minoncelli ? Je me suis renseigné, figure-toi. C'est un tombeur de femmes.

— Mais Berisha dit qu'ils l'ont rencontré, Bertolazzi et lui, dans un bar homo de Turin.

— Et alors, tu sais bien que c'est du dernier chic, d'aller prendre un verre chez les pédés !

— Comment tu parles ! Mais alors, si je comprends bien, tu t'es renseigné sur Minoncelli, comme un gros jaloux que tu es ?

— Pas du tout, c'était pour avoir le tableau exact de la situation…

— Le tableau exact ! Tiens, je vais te le montrer, le tableau exact ! Regarde, il te plaît, ce tableau ?

— Simona ! Tu es déchaînée ! C'est d'être draguée par Minoncelli qui te met dans cet état ?

— Et alors ? Même si c'était vrai, du moment que c'est toi qui en profites, tu ne vas pas te plaindre, non ?

— Mmmmh.

— J'adore te clore le bec de cette manière…
(*interruption de l'enregistrement*)

Le professeur Marini passa une main légère sur la pyramide de tronçons de cannes placée entre deux énormes buissons de campanules.

À l'intérieur, les cornues et les bleuissantes, les crochues et les autres, toutes les osmies et les mégachiles et les longues cornes, tout le monde bourdonnait, allait et venait, transportait la miellée du professeur et bâtissait son nid.

— Adieu, mes jolies, murmura-t-il.

En se baissant pour ramasser le sac à dos, Marini éprouva un élancement brutal dans les lombaires. Après cinquante ans, quand on se réveille le matin et qu'on n'a pas mal quelque part, c'est qu'on est mort, pensa-t-il pour se consoler. Bon, de toute façon, bientôt, je ne devrais plus avoir mal nulle part, ajouta-t-il aussitôt mentalement. Il passa les brides du sac sur ses épaules, poussa la porte verte et sortit de son jardin. Au-dehors, la fontaine chantait. Il se tourna vers la perspective des montagnes. Très loin, il lui semblait apercevoir, au-dessus du lac d'agate, la mer de roches et de cailloux où il avait rendez-vous.

Quand Marco sortit de la douche, Simona avait fini de s'habiller.

— Mazette ! s'exclama-t-il, tu t'es fait drôlement belle ! On est invités au château, ce soir ?

— Exactement, mon chéri. Pendant que tu dormais, j'ai reçu un coup de fil du *dottore* Alberto Signorelli, nous sommes invités à dîner dans le château de la famille. Il y aura aussi Francesco, le frère directeur exécutif du centre de recherche Sacropiano de Pinerolo. Et notre ami Felice, journaliste local moins bête qu'il n'en a l'air.

9

Quelque part entre Pinerolo et Sestriere, juste avant de déboucher dans le val Chisone dont elle est une ramification, la vallée de San Giorgio al Monte forme un goulet d'étranglement si étroit que la route et le chemin de fer qui la longent doivent emprunter un tunnel. De l'autre côté du torrent qui, à cet endroit, se jette dans le Chisone, agrippé à la roche bleuâtre, le château des Signorelli partage avec d'innombrables places fortes de la région le rôle de sentinelle séculaire à jamais incapable d'empêcher les invasions innombrables. Avec ses mâchicoulis et ses poivrières rajoutées au XIXe siècle dans un style pré-Dysneyland, l'endroit semblait plus pittoresque que confortable. On changeait d'avis quand on se retrouvait dans le salon d'apparat au plafond à caissons et garni de corbeaux représentant sirènes, loups, sangliers et figures de carnaval, devant les très hautes fenêtres trilobées qui découvraient un panorama vertigineux sur la vallée. Les divans profonds comme des tombeaux, les étranges fleurs sur des étagères, le parquet jonché de peaux de bêtes fauves et de fourrures de renard bleu, les rideaux de soie bleu de roi sur lesquels montaient, à tire-d'aile, des séraphins d'argent, jadis brodés par la confrérie des tisserands de Cologne pour une ancienne chape, le lutrin, les bibliothèques d'ébène, tout ce bric-à-brac rassemblé par un ancêtre amoureux de Baudelaire et de Huysmans s'avérait bien agréable pour prendre un apéritif à base de champagne Drappier brut nature zéro dosage, de beluga gros grain à la petite cuillère, de figues fourrées au foie gras et de verrines aux venaisons variées.

— Toutes ces conneries ne valent pas une bonne polenta au sanglier arrosée de rouge de Pinerolo, dit Alberto aux époux Tavianello qui le remerciaient de la somptuosité de l'accueil, mais bon, ça fait plaisir à ma femme… D'ailleurs, la voilà…

Vêtue de taffetas léger, longiligne et anguleuse, vingt-cinq ans de moins au moins, l'épouse offrait avec l'adipeux époux un contraste comme il s'en voit surtout, songea Simona, dans les couches sociales à hauts revenus. *Chez les autres, rajouta-t-elle mentalement, les beaux se mettent avec des belles, les moches avec les moches, et les moyens beaux comme nous, avec les moyens beaux.* La signora Signorelli venait de faire son entrée en compagnie de son beau-frère, le *dottore* Francesco Signorelli, qui, ce soir-là, avait choisi l'audace d'une cravate prune.

— Je suis enchanté de vous revoir, chère commissaire, dit-il après une brève embrassade avec son frère. Et de faire la connaissance de votre époux, ajouta-t-il en lui serrant distraitement la main. Je suis sûr que c'est grâce à votre présence si l'enquête concernant la tentative d'attentat progresse à pas de géant...

Comme Simona haussait un sourcil, il ajouta :

— Allons, commissaire, je comprends votre discrétion, mais je suis sûr que vous savez déjà qu'on a retrouvé chez certains apiculteurs des bouteilles de gaz semblables à celles utilisées par les terroristes...

— Ah ? Des bouteilles de gaz ? Ce serait une preuve ?

— Oh ! fit Giuseppe Felice qui venait de surgir dans le dos du directeur du centre de recherche. Beaucoup d'apiculteurs utilisent ces bouteilles, ce sont des recharges pour leurs lampes quand ils doivent sortir la nuit dans les ruchers.

Francesco Signorelli pivota et toisa le journaliste qui avait fait lui aussi un effort d'élégance, avec un jean repassé, une chemise blanche et une veste vert pomme.

— Ah, la presse ! ricana l'*executive man*, le rôle

indispensable du quatrième pouvoir ! À condition qu'elle ne soit pas trop de parti pris... mais vous, au moins, ajouta-t-il en fixant les cheveux roux de Felice, on peut dire que vous affichez la couleur !

Il rit de son bon mot.

La signora Signorelli serra à son tour les mains policières avant d'inviter tout le monde à passer à table.

— J'espère que vous aimez la *fusion food* et la cuisine moléculaire ? lança-t-elle avec un regard oblique vers son gros époux. Alberto voudrait toujours nous imposer ses repas traditionnels, mais il ne se rend pas compte qu'ils ne sont plus adaptés à notre mode de vie moderne.

En devisant ainsi, elle les guida dans la salle à manger garnie d'une cheminée de marbre où l'on pouvait se tenir debout et occupée en son centre par une énorme table de chêne qui avait l'air d'avoir longtemps supporté de ces banquets où l'on dévorait des ours et des cerfs entiers. Quand l'hôtesse eut placé tout le monde, et qu'un domestique eut rapporté du champagne, l'hôte, en bout de table, leva sa flûte.

— Ce repas est à la fois un repas d'adieu à nos amis les Tavianello, puisqu'ils repartent pour des vacances loin de nos rudes vallées, et un repas de réconciliation avec mon frère. Nous nous sommes assez disputés au long des années, dit-il en se tournant vers Francesco qui le fixait, l'air interloqué. Mon cher frère, en signe de réconciliation, je t'annonce que mon journal renonce à publier un article qui, aux dires d'Evangelisti, risquait d'entraver l'enquête sur la tentative d'attentat contre ton centre. Nous avons retiré la manchette qui demandait : « Où est passé le scellé n° 78C ? » Après tout, ce n'est qu'un détail.

Placée en face de Felice, Simona eut tout loisir d'observer les changements de coloris du journaliste qui, en quelques secondes, au fur et à mesure que son patron parlait, passait du blême au rose puis au pourpre foncé. Tandis que le frère répondait en évoquant le triomphe de la science et de la simple raison sur l'obscurantisme de certains extrémistes qui voudraient nous ramener à la houe et à la bougie, la maîtresse de maison faisait apporter le premier service. Émulsion d'huître avec son buisson d'algues caramélisées, semifredo de foie gras aux fruits rouges, bonbons glacés au crabe d'Alaska, mille-feuilles de Pata Negra et de truffe blanche marinée au réglisse... Tandis qu'on causait de l'odeur d'égout que répandait la vie politique italienne — mais en France ce n'était pas mieux et cependant il fallait faire attention à ne pas tomber dans le populisme du « tous pourris » —, on se régala d'aliments déstructurés, sortant d'un bain d'azote liquide ou fouettés à des vitesses inouïes, les saveurs étaient minutieusement séparées et réassemblées de manière novatrice par des techniques de pointe, les textures défaites et refaites dans une perspective résolument postmoderne ; les épices et les exotismes confluaient dans une sorte de bruit de fond comme les langues dans les cabines de traducteurs de l'ONU ; les plats étaient chaque fois une surprise pour l'œil. Si l'ensemble des convives avalait tout cela bravement, Simona grignotait à peine, prétextant une indisposition légère. L'estomac de Marco, qui n'avait pas mangé depuis son départ de Salina, hésitait entre la rétractation et le retournement en doigt de gant. À un moment, comme l'assemblée admirait le design particulièrement réussi d'une charlotte de pied de porc au sirop d'érable avec sa chantilly de homard au pili-pili, la maîtresse de maison demanda au questeur retraité ce qu'il pensait de l'ensemble du repas, et il répondit :

— Ce n'est pas un repas...

Voyant qu'elle se crispait, il se dépêcha d'ajouter :

— C'est bien plus... C'est un geste artistique... c'est... une installation !

Mme Signorelli rougit de plaisir, elle considéra ses hôtes et, avec un effort visible, comme si le compliment de Marco lui en avait enfin donné le courage, elle se tourna vers son mari pour lui demander s'il aimait ce que, depuis le début du dîner, il avalait sans broncher ni rien dire.

Le *dottore* Alberto Signorelli leva sur elle ses gros yeux globuleux et, d'une voix neutre, laissa tomber :

— C'est très bon, ma chérie...

Les grands yeux clairs de la Signora se remplirent d'un coup de larmes, et elle se leva.

— Tu... tu dis ça pour te moquer...

Alberto Signorelli leva une main tandis que son imposante masse corporelle semblait se faire plus ronde et plus compacte.

— Je t'assure que non, ma chérie... c'est... c'est très bon, assura-t-il d'une voix où perçait une tentative d'exprimer l'enthousiasme.

Le corps frêle et flexible de la Signora pliait en avant comme un lys dans la tempête.

— Tu ne rates jamais une occasion de m'humilier en public, dit-elle tandis que de grosses larmes coulaient sur ses joues.

D'un geste théâtral, elle les essuya puis, avec un pauvre sourire à l'adresse des convives, murmura : «Excusez-moi» avant de sortir en hâte de la pièce. Simona croisa le regard du directeur du *Quotidiano delle Valli* et se souvint de ses aveux dans la voiture, quant au désir qu'il nourrissait d'assassiner sa femme.

Alberto Signorelli attendit que la porte se

referme puis il se leva et jeta sa serviette sur la table.

— On peut peut-être en rester là ? dit-il. Au salon, j'ai une collection d'armagnacs et de grappa, et pour ceux que ça intéresse, on peut fumer. J'ai des Cohiba, des Partagas et des El Rey del Mundo Grandes de España.

Tandis qu'on se déplaçait vers le salon, le directeur du quotidien prit Giuseppe Felice par les épaules — tableau qui, dans l'esprit de Simona, évoqua aussitôt les charmantes illustrations d'un livre pour enfant qui racontait une histoire d'ours et de souris.

— Allons, grogna-t-il à l'adresse de son employé, ne faites pas cette tête. Vous allez voir, vous aurez bientôt d'autres occasions de scoop. Plus tôt que vous ne pensez, même.

— *Tempo perso e figlia femina*, temps perdu et c'est une fille, marmonna, à l'adresse de son mari, Simona qui avait de bonnes lectures.

Lorsqu'il eut parcouru un kilomètre dans la forêt de mélèzes, au flanc des pentes surplombant San Giorgio al Monte, le Pr Marini posa son sac à dos à terre et s'assit sur une souche pour reprendre son souffle. Pendant de longues minutes, yeux mi-clos, il respira l'air chargé d'odeurs de résine. Puis il se baissa, ouvrit son sac, en tira la tenue camouflée et le fusil PGM

Hécate II démonté. Après avoir échangé sa tenue de randonneur contre celle du combattant, il entreprit de monter le fusil avant de le charger en projectiles de calibre 12,7 mm. Il ignorait qu'en ce moment même, au château des Signorelli on était en train de parler de lui. Giuseppe Felice racontait que, selon des renseignements obtenus par l'intermédiaire de ses amis de l'International Crime Analysis Association qui avaient quelques contacts dans la police, Marini avait milité pour le soutien à la Bosnie et qu'il aurait même participé au siège de Sarajevo, du côté des défenseurs.

— De là à l'imaginer manipulant un fusil à lunettes, observa Simona, il y a un pas qu'Evangelisti et les gens qui tiennent à la thèse de l'écoterrorisme vont s'empresser de franchir. Ça ne m'étonnerait pas qu'ils découvrent que c'est lui qui a constitué une structure secrète combattante à l'intérieur du Comité de défense des Apiculteurs...

— Pour toi, de la chartreuse, comme d'habitude ? demanda Alberto à Francesco.

Il venait de remplir les verres de ses hôtes, liqueur de miel de châtaignier pour la commissaire, *grappa della Serra alla ruta*, à la rue officinale, pour le questeur, pour Giuseppe Felice un armagnac Janneau Très Vieille Réserve et il s'adressait à présent à son frère avec ce ton de cordialité franche qu'il avait adopté depuis le début de la soirée. Francesco, dans un premier temps, était resté sur la réserve, comme s'il se demandait quelle ruse dissimulait ce revirement de son aîné. Mais à un moment, Alberto avait fait allusion au fait que Sacropiano pourrait être intéressé par le rachat d'un de ses domaines agricoles, dans le Ferrarese. On y produisait surtout de la poire et de l'asperge, et depuis trois années consécutives, l'entreprise était en déficit. Mais elle avait de bonnes possibilités, assurait-il, surtout si une société internationale spécialisée dans les technologies de pointe comme la Sacropiano décidait de la reprendre en main.

— Tu comprends, avait dit le gros Alberto à l'élégant Francesco, ce n'est pas que je ne pourrais pas assumer les pertes de cette activité pendant encore de nombreuses années, le reste de mes affaires est assez prospère pour ça, mais je n'ai pas trop de temps à perdre avec la gestion de ce domaine, loin de mes bases. Si tu pouvais en toucher deux mots au directoire de ta société…

Francesco avait assuré qu'il en parlerait dès le lendemain, et que Sacropiano tiendrait sûrement compte de l'attitude désormais amicale du *Quotidiano delle Valli*. Simona s'était demandé un instant si Marco et elle ne feraient pas mieux de s'en aller. Puis elle avait croisé le regard dérouté de Felice et elle s'était dit que ce serait trop cruel de laisser ce menu fretin seul entre deux requins. Et puis il lui semblait que régnait ce soir-là en ces lieux une atmosphère de comédie, elle voulait voir la suite. L'épisode de la sortie de l'épouse l'avait divertie un instant mais elle commençait à s'ennuyer sérieusement. Et comme toujours, dans ces cas-là, elle buvait sec. Elle en était à son troisième verre, Marco lui faisait les gros yeux et elle venait de lui marmonner : « De toute façon, c'est toi qui conduiras », quand Francesco Signorelli, qui avait déjà descendu deux grands verres de chartreuse avec des glaçons, ricana :

— Si les éco-terroristes étaient malins, au lieu de s'en prendre au centre de Pinerolo, il leur suffirait de venir faire un petit cambriolage ici même.

— Ah tiens, dit Marco en déplaçant la bouteille de liqueur sur la table basse d'acajou de manière à ce qu'elle soit hors de portée de son épouse, tiens donc, expliquez-nous ça.

— Dans ce château, il y a une aile qui m'appartient, mon frère ne vous a pas dit cela ?

— Ce sont des détails d'un faible intérêt pour nos hôtes, intervint Alberto Signorelli en faisant tourner entre ses paumes le verre de grappa de Bassano qu'il n'avait pas encore entamé.

— Mais d'un certain intérêt pour nous deux, rétorqua Francesco avec un ricanement et un regard entendu à l'adresse de son frère. Surtout tant que tous les détails de l'héritage de nos regrettés parents n'auront pas été réglés.

Visiblement, il se sentait en position de force depuis qu'Alberto avait parlé de faire racheter son domaine ferrarais par Sacropiano.

— … En tout cas, c'est ici, dans mon bureau qu'ils pourraient trouver les documents contenant le résultat des recherches que nous menons dans notre Centre pour remédier au *Colony Collapse Disorder*. Des documents que Bertolazzi avait photocopiés sans autorisation et que les apiculteurs ont été à deux doigts de trouver chez lui, sauf qu'il a été tué et qu'ils ont interrompu leur occupation…

— Donc, il est bien tombé, finalement, l'assassinat de Bertolazzi…, remarqua Felice.

Signorelli tourna la tête pour considérer le journaliste avec l'expression de quelqu'un qui découvre la progression d'un cafard sur un mur.

— Que voulez-vous sous-entendre ?

Felice leva les mains, paumes ouvertes.

— Oh rien, rien…

Comme l'autre continuait de foudroyer le petit roux du regard, Simona décida de détourner son attention :

— Donc, le secret de vos recherches se trouve dans le dossier de la justice sur le meurtre de Bertolazzi ?

Francesco Signorelli secoua la tête.

— Ah non, Evangelisti a justement considéré que ces informations étaient la propriété de Sacropiano et m'a rendu les photocopies. Elles ont rejoint les originaux, et elles sont protégées par ça…, dit-il en tirant de sa poche une chaînette au bout de laquelle pendait un badge rond. Avec ça, dit-il, on peut entrer dans l'aile ouest du château et accéder à mon bureau, deuxième porte à droite…

Il se pencha brusquement vers le journaliste.

— Ça vous plairait, d'aller fouiner dans mes papiers, hein, espèce de sale petite fouine rouge ? lança-t-il à l'adresse de Felice qui se rétracta sur son siège :

— Mais non… mais non…

— Du calme, intervint Alberto. Tu as peut-être un peu trop bu… Tu es crevé, ça se voit, tu ferais mieux d'arrêter de boire…

De fait, depuis un moment, les paupières de Francesco avaient tendance à baisser à demi sur ses yeux et son élocution se faisait laborieuse.

— Fais pas chier, marmonna-t-il en se resservant de la chartreuse. Y a plus de glaçons ?

Alberto hissa sa grosse carcasse à la verticale.

— Je vais t'en chercher. Inutile d'appeler le loufiat, par solidarité avec sa patronne, il mettrait vingt minutes à revenir.

Il sortit. Son frère fixa le verre qu'il avait rempli à demi de chartreuse.

— Bah, fit-il, on s'en fout de la glace.

Et il vida son verre. Ferma les yeux. Deux secondes plus tard, le verre avait roulé à ses pieds et il ronflait, la tête renversée sur le dossier du fauteuil.

Simona, Marco, Felice échangèrent des regards. Puis leurs yeux, aimantés, fixèrent tous la même chose : le badge qui pendait hors de la poche, au bout de la chaînette.

C'est dans cette position qu'Alberto Signorelli les découvrit tous trois. Il ricana :

— Mon petit frère n'a jamais bien supporté l'alcool.

Puis il se tourna vers Felice, le dominant de toute sa masse :

— Et vous, espèce de couillon, qu'est-ce que vous attendez pour faire votre devoir de reporter ? Vous avez l'occasion de tout savoir sur les mystérieuses recherches de Sacropiano et vous la laisseriez échapper ? L'aile de mon frère est derrière cette porte, ajouta-t-il en montrant un double battant orné de rosaces et de scènes champêtres. Troisième porte à droite, au bout du couloir. Le bureau est dans la tourelle, on y accède par l'ascenseur.

Au fond de son siège, Felice secoua la tête.

— Je ne sais pas... je ne crois pas que je peux...

Alberto Signorelli roula des yeux furibonds.

— Imbécile ! Vous n'avez pas compris que vous n'avez pas le choix ? Vous voulez perdre votre boulot ? Si, moi, j'y vais, c'est une trahison de la loyauté familiale. Mais vous, vous ne ferez que votre métier…

À chaque argument de son patron, Felice secouait la tête frénétiquement.

Simona bondit hors de son fauteuil, décrocha le badge et marcha droit vers la porte indiquée.

— Venez, Felice, lança-t-elle.

— Simona, cria Marco, reviens ! Tu es folle !

La main sur le vantail, elle se tourna vers son mari :

— C'est pour ça que tu m'aimes, non ? Allons-y, lança-t-elle au journaliste. Obéissez, c'est un ordre de la police ! Dépêchons-nous avant qu'il se réveille.

Alberto se rapprocha d'elle et marmonna :

— Ça, vous en faites pas. Avec ce que je lui ai mis dans sa chartreuse, il en a pour un bout de temps. Ce petit con croit vraiment que j'en ai quelque chose à foutre, de mon domaine ferrarais ? Allez, Felice, ajouta-t-il en pivotant sur ses talons pour placer son employé sous le feu de son regard, au boulot ! Je vous ai dit que le scellé 78C, c'était un détail, pas que je voulais laisser tomber l'affaire. Quand je suis allé chercher des glaçons, j'ai été retenu dans la pièce à côté par

227

un coup de fil et vous en avez profité pour vous documenter, rien de plus normal, non ?

Environ dix minutes après que Simona Tavianello eut suggéré que le Pr Marini pourrait faire une cible idéale pour le juge Evangelisti, le chauve élégant auquel la commissaire avait cassé les couilles dans un ascenseur téléphonait au magistrat :

— Monsieur le juge, je suis désolé de vous déranger chez vous à cette heure tardive, mais il y a vraiment urgence. Le service de surveillance vient de me transmettre un mail que le Pr Sergio Marini a envoyé à la commissaire Tavianello. Apparemment, elle n'a pas encore pris connaissance de ce message. En ce moment, elle dîne au château Signorelli... Oui, nous avons nos sources... Je vous lis le mail ? Il me semble que ça pourrait entraîner divers rebondissements... Oui, voilà :

« Chère Simona, je me permets de vous appeler par votre prénom parce que j'ai eu la sensation que vous étiez une des rares personnes que j'ai rencontrées ces dernières années qui ait à peu près compris ce qui était en train de se passer. J'ai une confession à faire, pour éviter que les malheureux apiculteurs du Comité de défense croupissent trop longtemps en prison. C'est moi qui ai tiré sur Andrea Gandolfo, le

228

cinglé qui reprochait à Minoncelli d'introduire des abeilles étrangères sur le territoire italien et c'est moi aussi qui ai tiré sur Berisha. Depuis l'époque du siège de Sarajevo où je m'intéressais autant au sort de mes semblables qu'à celui des abeilles (j'ai bien changé depuis), je possède un fusil Hécate II polymère avec une lunette Scrome J10 10 × 40 à réticule Mil-Dot placée sur un montage STANAG OTAN, qui tire des munitions 12,7 mm. Cette arme m'avait été donnée pendant la guerre civile yougoslave par un ami bosniaque qui l'avait prise sur le corps d'un Serbe, je vous passe les détails. En fait, depuis quelques mois, j'ai un peu joué au guérillero, je me suis déguisé en tenue de combat, je me suis amusé à viser un certain nombre de personnes depuis la lisière des forêts, mais jamais il ne me serait venu à l'idée de les abattre vraiment. Mon seul but en sortant l'arme de la cabane de mon jardin où elle attendait sagement depuis quatorze ans, c'était de défendre une certaine zone de montagne, près de laquelle Mehmet Berisha a eu la mauvaise idée de trop s'approcher. Et j'ai soigneusement visé la jambe, je ne voulais pas le tuer… En revanche, j'avoue avoir perdu mon sang-froid quand j'ai vu cet abruti de Gandolfo dévaster le rucher de Minoncelli. Je surveillais la maison de notre ami depuis un moment parce que j'avais remarqué beaucoup d'allées et venues autour d'elle. Je soupçonne ces fameux Services que le monde entier nous envie d'avoir expédié quelques observateurs par ici, dans le but de protéger les expériences des Dr Folamour de la biosphère, à Pinerolo. J'avoue qu'il ne m'aurait pas déplu d'en flinguer un ou deux...

L'interlocuteur d'Evangelisti interrompit sa lecture :

— *Cazzo !* Vous vous rendez compte ? Ce connard m'aurait flingué !

— Continuez, dit le magistrat en achevant de fermer sa braguette mais en s'abstenant de tirer la chasse. Continuez à lire ce mail si intéressant, insista-t-il en refermant derrière lui la porte des toilettes et en jetant un regard mélancolique au gros pot de glace posé sur la table de la cuisine : ça fondait à grande vitesse.

— Bon, alors, je reprends : «... d'en flinguer un ou deux. Mais tout cela n'a désormais que peu d'importance, puisque la première phase de la révolution des abeilles touche à sa fin. Après l'exil, le retour. » Voilà.

— Comment, « voilà » ?

— C'est tout. Ça finit là-dessus : « Après l'exil, le retour. »

— J'appelle tout de suite Calabonda et les gens de la Digos. Il faut qu'on mette la main sur Marini, qu'il nous explique un peu ce passage obscur.

— Et les zigotos du Comité de défense ? Qu'est-ce que vous comptez en faire ? Vous croyez vraiment à leur implication dans l'attentat ?

— Ah ça, on verra. On a le temps de voir. La justice a sa propre temporalité, vous savez.

Le correspondant ricana :

— Nous sommes payés pour le savoir, dans les Services. Littéralement. Au moins depuis l'attentat de la piazza Fontana !

Evangelisti se dépêcha de raccrocher pour passer les coups de fil nécessaires. S'il était assez rapide et concis, la glace n'aurait peut-être pas trop fondu.

Depuis l'espèce d'immense balcon sur les Alpes, avec son sol de cailloux d'où émergeaient des roches oblongues et noires, les lumières des hommes semblaient faibles, en bas, en comparaison de celles des milliers d'astres qui arrivaient après avoir traversé le silence effrayant des espaces infinis, bien souvent longtemps après que leur émetteur fut mort. Dans l'obscurité, Marini retira sa tenue mimétique et, complètement nu, sortit un gros bidon d'une cache soigneusement dissimulée au pied d'une roche. Le halètement de la marche forcée ne s'était pas calmé mais à présent, il avait hâte de conclure. Il dévissa le bouchon, leva à bout de bras le lourd bidon et la mélasse qu'il avait composée spécialement pour nourrir ses amies révolutionnaires commença de se répandre sur son corps. Il chantonnait :

Vous avez pris le maquis,
mes petites chéries,
le chemin de l'exil
pour fuir tous les périls
de la vie-marchandise
mais il faut qu'je vous dise
vous devez revenir,
c'est l'heure d'en finir
En finir avec la techno
En finir avec les nanos
Avec les octets et les bits
Avec les ogm et les chips
Avec les pesticides
Et tous les génocides.

Son corps gluant glissant sur les cailloux, trébuchant et hors d'haleine, il parvint au bord du précipice qui délimitait cet espace relativement plat. Là, au pied de la dernière roche noire, à deux pas de l'abîme, s'ouvrait une faille. En se penchant, il perçut le bruit. C'était l'entrée d'une grotte qui devait être très profonde et très vaste, car le bourdonnement qui montait vers lui résonnait comme le grondement d'un gosier de géant de la taille d'une montagne.

Une abeille se posa sur le front de Sergio

Marini, une autre au coin de ses lèvres. Une troisième sur sa main droite. Une quatrième, une cinquième…

Le bourdonnement augmentait.

— Vous êtes là, dit-il, vous êtes toutes là. Toutes celles qui ont fui les ruchers de la vallée.

À présent, son visage entier, son cou et ses épaules grouillaient d'abeilles vrombissantes.

Ses lèvres sur lesquelles bougeaient des dizaines de pattes articulèrent :

— Vous êtes des millions et vous allez revenir.

— Alors, c'est ça ? dit Simona. C'est le projet de Sacropiano ?

Dans le fauteuil pivotant du bureau de Francesco Signorelli, installé dans la poivrière ouest rajoutée au XIXe siècle, la commissaire secouait la tête d'un air incrédule. Giuseppe Felice fixa l'écran qu'occupait tout entière l'image d'un octogone bleuté et murmura :

— C'est ça. Remplacer les abeilles. Par des nanorobots autoréplicants…

Il cliqua sur une icône en bas de l'écran, un document apparut et il relut pour la troisième fois :

— « … plus petits qu'un grain de pollen, mais capables de les transporter, ils devraient s'avérer infiniment plus performants pour la fécondation. Les multiples avantages de cette solution technique sont patents : extrême précision de la fécondation qui peut opérer fleur à fleur, contrôle total des millions d'opérations de fécondation, et donc possibilité de TOUTES LES FAIRE PAYER. Les abeilles effectuaient un travail qui restait encore largement dans la sphère de la gratuité : comment savoir combien d'abeilles de tel rucher ont fécondé telle plante sauvage ? C'était impossible. Avec les nanorobots fécondateurs, notre entreprise pourra se faire payer pour chaque plante du monde qu'ils auront fécondée : ce sera en quelque sorte la disparition complète de l'état sauvage pour les végétaux, puisque la reproduction du plus grand nombre d'entre eux sera sous notre contrôle… »

— Incroyable, dit Marco en jetant, depuis le seuil où il se tenait, un coup d'œil inquiet dans le couloir. On y va, maintenant ?

— Toujours le même processus, observa Felice. On détruit un processus naturel gratuit et on le remplace par une prothèse artificielle payante.

— On y va ? insista Marco.

Simona se hissa à la verticale. Le *distillato* commençait à produire des effets secondaires indésirables.

— On y va, dit-elle, on y va. Mais où on va ?

QUOTIDIANO DELLE VALLI

INCROYABLE ATTENTAT SUICIDE CONTRE
LE CENTRE DE RECHERCHE DE PINEROLO

— *Au volant d'un tracteur volé le professeur Marini, de San Giorgio al Monte, renverse l'enceinte et les portes du centre avant d'y mettre le feu.*

— *Le centre détruit par l'incendie.*

— *Selon de nombreux témoins, le tracteur était suivi d'un «gigantesque essaim de millions d'abeilles». L'essaim aurait ensuite disparu en quelques minutes après le début de l'incendie.*

— *L'avis des psychiatres: «hallucination collective révélant des peurs inconscientes».*

— *Le corps du professeur formellement identifié.*

C'est un événement sans précédent qui semble bien s'être produit dans nos paisibles vallées... (voir la suite de l'article de Giuseppe Felice en p. 2, ainsi que les déclarations de Bruno Ciuffani, qui dénonce «la factiosité de la commissaire Tavianello qui a constamment encouragé le non-respect des institutions démocratiques »).

235

C'était encore Simona qui conduisait, et elle avait de nouveau posé son sac à main informe sur les cuisses de son mari mais Marco n'y prêtait pas attention, plongé qu'il était dans le survol des titres du journal. Il le feuilleta nerveusement plusieurs fois.

— Incroyable, dit-il enfin. Il n'y a pas un mot sur le projet de Sacropiano.

— Je suppose qu'Alberto Signorelli a décidé de garder ces plans comme moyen de pression dans ses relations tordues avec son frère et avec Sacropiano.

— Quand même, tout le monde devrait savoir…, commença Marco.

— Les nanorobots réplicables qui remplaceraient les abeilles ? Mais c'est du délire de science-fiction !

— Qu'est-ce que tu racontes ? demanda le questeur en jetant le sac à main sur la banquette arrière.

— Je dis ce qu'on nous dira si on en parle. À quelle heure on arrive à Turin, d'après toi ?

— Quelle importance à quelle heure on arrive, on a tout le temps, non ? C'est tout l'effet que ça te fait ? Tu crois que la destruction de son centre va retarder les plans de Sacropiano ? Je crois au contraire que maintenant qu'ils peuvent se poser en victimes de l'éco-terrorisme, ils vont pouvoir accélérer...

— Ou alors, peut-être qu'on peut trouver un cybercafé avant Turin ? dit Simona qui semblait poursuivre une réflexion sans trop écouter son mari. Regarde ce qu'il y a comme ville de moyenne importance sur la route.

— Un cybercafé, mais pour quoi faire ?

— Parce que je ne sais pas si j'arriverai à envoyer de mon ordinateur, par un branchement sur le réseau des portables, un document aussi lourd...

Marco attacha son regard au profil de sa femme. Elle avait l'air de rigoler intérieurement.

— Quel document ?... Attends... Tu as...

— Ben oui. Il y avait une clé USB qui traînait dans un tiroir du bureau de Signorelli. Moi aussi, j'ai une copie. Et moi, à la différence de Felice, je n'ai pas de directeur pour m'interdire de mettre le document on line.

— Simona, tu es... tu es...

— Je sais, oui. Tu m'allumes une cigarette et tu me la passes ? Je crois que ça y est, je suis prête à recommencer à fumer.

Quand elle eut écrasé son mégot, alors que les panneaux indiquaient l'approche de Turin, elle demanda :

— Tu crois qu'elles reviendront ?

— Qui ça ?

— Les abeilles. Les abeilles qui volaient par millions derrière Marini.

— Simona, tu sais très bien que c'était une hallucination collective.

— Ah non, ça non. Ça je ne le sais pas très bien.

Un peu plus tard, comme ils se garaient devant un cybercafé, elle insista :

— Imaginons que ce ne soit pas une hallucination. Tu crois qu'elles reviendront ? Toutes celles qui ont disparu, et pas seulement dans les vallées ? Et si elles reviennent, qu'est-ce qu'elles feront ?

— Qui sait ? dit Marco. Qui sait ?

Sources

Les lecteurs de Pièces et Main-d'œuvre auront repéré ce que ce livre doit aux indispensables travaux du groupe susnommé, et en particulier les passages de *RFID, la police totale* et *Aujourd'hui, le nano-monde* (éditions de l'Échappée, 2008), que je cite. Les autres ont tout intérêt à se procurer ces ouvrages et à consulter le site : www.piecesetmaindœuvre.com

DU MÊME AUTEUR

Aux Éditions du Masque

MADAME COURAGE, 2012

LA DISPARITION SOUDAINE DES OUVRIÈRES, 2011. Folio Policier n° 701

SATURNE, 2011. Prix des lecteurs Quais du polar-20 minutes, 2011. Folio Policier n° 668

Aux Éditions Anne-Marie Métaillé

YASMINA, SEPT RÉCITS ET CINQUANTE RECETTES DE SICILE AUX SAVEURS D'ARABIE, avec Maruzza Loria, 2009

AU FOND DE L'ŒIL DU CHAT, 2007

VÉNÉNOME, 2005

LA NUIT DE LA DINDE, prix du Roman du Var 2003 et prix Interlycées professionnels de Nantes 2004

LE PLAGIAT (sous le pseudonyme Andra Gandolfo), 2001

LES ALPES DE LA LUNE, 2000

Trilogie :

Y, 1991

RUE DE LA CLOCHE, 1992

LA FORCENÉE, 1993

Aux Éditions Gallimard

Dans la collection Série Noire :

COMMENT JE ME SUIS NOYÉ, 1995

TIR À VUE, 1993

Chez d'autres éditeurs

J'AI JETÉ MON PORTABLE, Rat Noir, Éditions Syros, 2007

NAUSICAA FOREVER, Éditions Le Rocher, 2005

IL Y A QUELQU'UN DANS LA MAISON, Souris Noire,
    Éditions Syros, 2005

LA RÉVOLUTION NE SERA PAS TÉLÉVISÉE, Éditions
    La Mauvaise Graine, 2003

COLCHIQUES DANS LES PRÉS, Babel Noir, Éditions Actes
    Sud, 2000

JE TE DIRAI TOUT, Éditions Blanche, 1998

LE SOURIRE CONTENU, Éditions Fleuve Noir, 1998

JE PENSE DONC JE NUIS, nº 1 de la Série Alias, Éditions
    Fleuve Noir, 1997

TONTON TUÉ, Souris Noire, Éditions Syros, 1996

SAIGNE-SUR-MER, Le Poulpe, Éditions Baleine, 1995

COLLECTION FOLIO POLICIER

Dernières parutions